DEN MÖRKARE SIDAN AV SJÖN

Spänningsroman

KRISTOFFER CRUZ ANDERSSON

Förlag: BoD - Books on Demand, Stockholm, Sverige
Tryck: BoD - Books on Demand, Norderstedt, Tyskland
ISBN: 978-91-7695-586-6

DEL 1

INGEN KROPP
INGET MORD

~ ETT ~

VAD VACKERT, tänkte Nora Bäck då taxin stannade framför den lilla timmerstugan. Platsen var fridfull - placerad i skogskanten och i direkt anslutning till sjön med endast femtio meter av naturtomt som skilde dem åt. Hon log och gav taxichauffören sitt kreditkort innan hon öppnade dörren och lät schäferblandningen Basse springa fri. Hon log medan hon såg sin vän rulla sig i en av lövsamlingarna för att i nästa sekund skvätta in sitt revir intill en stor trädstam.

Chauffören hjälpte henne vänligt ut med de två stora resväskorna och matkassarna, önskade henne sedan en trevlig vistelse innan han lämnade henne åt skogens tystnad.

Nora såg sig omkring där hon stod framför den lilla stugan. Omgiven av dansande höstlöv som ett efter ett lämnade trädens grenar. Solen sken genom de få moln som omslöt den och värmde upp hösttemperaturen.

Här skulle hon finna lugnet, tänkte hon medan hon släpade upp den ena resväskan till stugans veranda. Det röda håret fladdrade i den lilla vindpust som svepte förbi. Hon andades in den friska luften och insöp doften av skog.

Stugans dörr knarrade medan hon drog den åt sig. Solstrålarna sken in genom fönstren och dansade över väggarna. Hon släppte väskan och snurrade ett varv i hallen. Ett stort allrum med soffa, tv och matsalsgrupp. En mindre köksdel med köksö i den bortre änden av nedervåningen. Och så trappan upp till sovalkoven. Allt i en fantastisk öppen planlösning.

Arkitekt som hon var log hon medan hon studerade stugans strukturer, former och charm - varje nytt boende var en fröjd för ögat. Varje byggnad sin egen unika skapelse. Hon kunde inte vara mer än nöjd. Här skulle hon tveklöst hitta lugnet under den vecka hon hyrt den lilla stugan. Och nog skulle hon hinna arbeta undan det projekt hon åtagit sig.

Basse kom nyfiket inspringande och inspekterade exalterat stugans insida medan Nora hämtade den andra resväskan och de två överfyllda matkassarna. En välbehövlig semester, tänkte hon medan hon ställde ner väskan intill den andra och släppte greppet om de tunga pappkassarna.

Hon lät dörren stå öppen för att vädra ur den unkna doften av ödslighet medan hon tog av sig den grå höstjackan och hängde den på en av krokarna på hallväggen. Skona behöll hon på medan hon gick husesyn. Drog ut lådorna i köksön, funktionstestade kyl, frys och spis - fyllde en skål med vatten och visade den glade Basse var han kunde finna den.

Hon plockade ur pappkassarna medan Basse vilade sig i eftermiddagssolens strålar ute på tomten. Konservburk med köttsoppa, ägg, ost, bröd och smör, sallad, tomater och gurka. Några matlådor med färdig spagetti och köttfärssås och några med korv stroganoff och ris. En fläskfilé och några potatisar för lördagens grillning. En chokladkaka för lördagens kvällsmys samt några flaskor med olika vinsorter och några ölburkar. Sist men inte minst den stora påsen med Basses hårda torrfoder.

Hon släpade upp den ena resväskan till sovalkoven och lade den på sängens mörka överkast. Hon skakade på huvudet åt sin packning. Kläderna välde ur väskan som om hon rest för att vara borta under en längre tid än den vecka som var planerad.

En gammal men charmig träbyrå rymde en del av arrangemanget medan några kläder helt enkelt fick finna sig i att stanna i väskan. Hon ställde tandborsten, tandkrämen och sin sminkväska i badrummet och log åt sin spegelbild.

Äntligen lite lugn och ro, tänkte hon.

Klädd i sin varma kofta, slitna jeans och höstkängor klev hon ut på verandan och lät blicken för en stund följa Basse som äventyrligt skuttade runt på tomten med nosen centimeter ifrån marken.

"Detta mår vi båda bra av" ropade hon åt honom. "Inte sant, Basse?"

Hunden stannade upp, såg några sekunder på sin matte och fortsatte sedan att följa sitt senaste spår.

Längst stugans gavel stod ett mindre skjul som täckte över de huggna vedträna. Nora valde noggrant ut de torraste av dem och bar dem med sig in i stugan. Hon lade dem på golvet framför den öppna spisen. Ikväll skulle hon mysa av dess glödande värme och brinnande sken. Men innan dess behövde hon och Basse en längre promenad.

"Kom med" ropade hon till hunden medan hon gick ner mot sjön.

Dess blanka vatten låg stilla. Den glödande solens strålar speglade sig i dess yta medan den sakta seglade ner bakom de höga talltopparna. Basse strosade några meter framför henne medan de följde den lilla stigen längst sjöns strandkant. De brunröda löven dansade runt dem och sjöns spegelbild var så vacker. Basse stannade till vid vassen och bestämde sig för att hämta den pinne som flöt någon meter ut. Med hög tassföring tog han stegen ut i vattnet, greppade pinnen med munnen och vände åter in mot torra land.

Nora log medan Basse släppte pinnen vid hennes fötter och såg väntandes på henne. Men kasta den då matte, var uttrycket som speglades i hans ögon. Hon lät pinnen vina genom luften för att sedan landa på vattenytan några meter ut på sjön. Basse tog sig åter ut i vattnet och fick de sista meterna simma för att lyckas håva in sitt byte.

De upprepade proceduren medan det sista av solen försvann bakom talltopparna. En stor röd himmel sken över dem medan de vandrade tillbaka mot stugan. Medan månens sken sakta steg över himlavalvet lät Nora göra i ordning brasan i den öppna spisen och öppnade en flaska av det röda vinet medan lågorna slog sig fast i vedträ efter vedträ. Ljuset, värmen och doften spred sig som en mysfaktor i allrummet medan hon avnjöt det första glaset - omstoppad av en filt i soffan. Basse hade krupit upp intill henne och låg nu snarkandes. Hon gav honom en lätt klapp över huvudet och log för sig själv.

"Du är den bästa vän man kan ha."

Lågornas sken dansade över takstommarna och förutom knastrandet från brasan infann sig en total tystnad. Det var skillnad mot Stockholm, tänkte hon. Där hördes alltid något eller någon. Pendeln som svepte förbi, kroggäster på väg hem eller taxibilarna som susade förbi om nätterna. Men här var tystnaden. Lugnet. Det som hon så länge längtat efter. En stund utan det hektiska som annars var hennes vardag.

Hon fyllde upp vinglaset medan hon njöt av den fridfullhet som omgav henne. När den sista klunken rann nedför hennes strupe och flaskan väl var tom reste hon sig ur soffan och klappade lätt på Basse.

"Kom gubben."

Trött och motvilligt följde han med henne ut på verandan och vidare ut på tomten.

"Du måste kissa innan vi sover."

Basse masade sig bort till ett av träden vid skogskanten och uträttade efter en stund sina behov medan Nora blickade ut över den blanka och mörka sjön. På andra sidan kunde hon se ett svagt ljus från en annan stuga. Hon hade sett den tidigare under deras promenad men inte vetat om någon befann sig där. En liten strimma rök steg från dess skorsten.

Det är fler än jag som njuter av tystnaden framför brasan, tänkte hon samtidigt som Basse kom rännandes vid hennes ben.

"Är du klar?" Hon böjde sig fram och klappade om honom. "Då sover vi då."

Den nybäddade sängen doftade underbart och känslan att få krypa ner var obeskrivligt skön medan hon hörde de sista knastrande vedträna brinna ut. Basse låg nere vid fotändan men hon var säker på att han under natten skulle krypa upp mot kuddarna. Hon log - det var ju så han alltid gjorde.

Till doften av brasan, ljudet av den stilla tystnaden och Basses små snarkningar somnade hon in för den första natten i det värmländska skogsparadiset.

Timmarna senare vaknade hon till med ett ryck. Basse stod morrandes nere vid fotändan - stirrandes mot det månupplysta fönstret.

"Vad är det, gubben?"

Så hördes det igen. Skottsalvan som ekade ut över skog och sjö. Till en början kände hon en mindre ängslan sprida sig i kroppen men sedan kom hon ihåg vad taxichauffören berättat för henne.

"Såja, Basse." Hon fick honom till sig och lade armen runt honom medan han kurade ihop sig vid hennes sida. "Det är bara älgjakten."

~ TVÅ ~

NÄR NORA Bäck öppnade ögonen sken redan Septembersolen in genom fönstret. En första sovmorgon, tänkte hon medan hon kisande sträckte armarna i luften. Basse - som även han valt att sova ut - trummade glatt med svansen på täcket då han upptäckte att matte visade livstecken.

Tillsammans lät de ännu en halvtimme av sängliggande passera förbi. Basse spenderade den med att intensivt slicka sina tassar medan Nora somnade om. Slumrigt tog hon sig sedan upp ur sängen och satte fötterna mot det svala trägolvet. Någon större värme fanns där inte i stugan - ett mindre element i sovalkoven och det gav knappast någon större hetta.

Tur att jag bar in vedträ under gårdagen, tänkte hon medan hon klädde på sig de kläder hon klivit ur dagen innan. Hon gav Basse några kärleksfulla smekningar över ryggen innan hon gick nedför trappan till allrummet.

När det brinnande tidningspappret fattade tag om det torra fnösket staplade hon tre vedträn över lågan och blåste för att snabbare få elden att sprida sig. Lite varmare ska det nog ha blivit tills vi kommit tillbaka, tänkte hon och såg upp mot sovalkoven.

"Basse."

Med en duns hörde hon honom hoppa ned från sängen och komma galopperande nedför trappan med tungan hängandes i mungipan. Hon öppnade ytterdörren och lät honom skutta ut i morgonsolen. Höstlöven fortsatte att virvla runt i vinden även denna morgon och små vågor hördes slå in över strandkanten.

Nora drog några djupa andetag och andades in doften av skog och våtmark. Solen smekte hennes ansikte medan hon vandrade de femtio meterna ner till sjön. Basse låg steget före och strosade runt i vassen i jakt på nya pinnar att leka med.

Medan Basse lekte i de små sjövågorna fiskade Nora upp sin mobiltelefon ur fickan bara för att konstatera att någon sattelitmottagning inte fanns att tillgå. Hon hade visserligen läst om det innan hon bokade stugan men att det innebära en sådan usel mottaning hade hon haft svårt att föreställa sig. Hon höll telefonen mot skyn - resultatlöst. Tur att där fanns mottagning i stugan men nog kunde de ha kostat på sig ett wifi. Men å andra sidan, tänkte hon medan hon stoppade ner telefon i fickan. Var det semester så var det.

Basse kom rännande runt hennes ben, stannade till och ruskade av sig vattnet. Nora höll upp armarna för ansiktet för att skydda sig mot de stänkande dropparna.

"Men tack du" sa hon och log åt Basse. "Är det skönt i vattnet?"

Basse stod och studsade på plats medan Nora plockade upp en av pinnarna från marken och kastade den med all sin kraft ut mot sjöns vatten. Basse tog av, hoppade ut i vassen och simmade frenetiskt ut mot den guppande pinnen.

Nora vände om och gick åter mot stugan medan Basse lekte vidare nere vid strandkanten. Hennes mage kurrade och hon kände att lite krubb skulle sitta fint - dock var där försent för någon frukost. En av matlådorna fick det bli.

Hon lät köttfärssås och spagetti rinna ur lådan och ner på en tallrik innan hon värmde det i mikrovågsugnen. Stirrandes på maten som snurrade runt i mikrovågornas värme kände hon dess inbjudande doft och väntade otåligt på plinget. Med den goddoftande maten och ett glas mjölk slog hon sig ned på en av barstolarna vid köksön. Tugga för tugga slank ned för hennes strupe medan den lilla radion i köksfönstret spelade de senaste Pop-låtarna.

Efter att ha sköljt tallriken under det rinnande vattnet i diskhon gick hon fram till den resväska som fortfarande stod intill ytterdörren. För säkerhets skull öppnade hon dörren och blickade ner mot sjön för att se så Basse inte fått nys av något viltspår och tagit av. Till sin lättnad såg hon honom liggandes i skuggan av en tall lite längre ner på tomten. Duktig kille, tänkte hon och stängde åter dörren.

Från resväskan plockade hon ur sina anteckningsblock och ritningar - en linjal, en ask med pennor och sin handdator. Det var dags att få lite arbete uträttat och just idag kände hon sig friskare och mer fokuserad än på länge. Kanske var det en bra idé ändå, tänkte hon medan hon knäppte igång datorn. Att hyra en stuga mitt ute i ingenmansland var kanske det hon behövde?

Hon läste igenom dokumentet som hennes chef skickat henne tidigare under veckan för att uppdatera sig om sin klients efterfrågningar. Det var ett stort projekt, tänkte hon. Med önskemål utöver det vanliga.

Flermiljonsvillan skulle bestå av tre våningar - nära femhundra kvadratmeters boyta samt garage för fyra stadsbilar. Noras chef väntade sig att kunna presentera en första färdig modell och dess ritningslösningar i början av november - vilket innebar att Nora endast hade en och en halv månad på sig att ha arbetet färdigt.

Hon skissade upp grunden på ett större papper och arbetade ambitiöst under några timmar. Hon tyckte om att rita upp idéer på papper innan hon påbörjade arbetet i det mer avancerade CAD-programmet i datorn.

Solen hade sakta börjat sjunka ner mot skogens talltoppar och färgade sjöns vackra spegelbild blodröd när hon lade ner pennan och såg på klockan. Hon hade fastnat i arbetet - som hon nästan glömt hur mycket hon älskade - och kom på sig själv med att inte ha kollat till Basse på flertalet timmar.

Basse viftade på svansen där han såg på sin matte. Hon log medan han strosade runt på tomten och visade inget intresse för att få komma in i stugan - han hade fått timmarna att gå med upptäcktsfärder och små lekar med ekorrarna som hoppade från träd till träd.

Nora lät honom leka vidare medan hon öppnade en ny flaska vin. Hon ansåg arbetet vara färdigt för dagen - hon var nöjd med stora delar av det hon skapat men kände att hon behövde sova på saken och se på möjligheterna under morgondagen. Och så behövde hon ringa sin vän som hon egentligen lovat att göra så fort hon anlänt till den lilla stugan. Med ett glas rött vin framför sig satt hon på en av barstolarna och lät signalerna ljuda i telefonen.

"Josefin" svarade väninnan i den andra änden.

"Hej, det är jag."

"Nora" utbrast hon. "Hur har du det i skogen?"

"Underbart" svarade Nora och log. "Förlåt att jag inte hört av mig tidigare."

"Nej - bry dig inte om det du" försäkrade Josefin henne. "Så, har du fått något arbete uträttat?"

"Ja" svarade Nora och berättade vidare om hur hon spenderat större delen av dagen med att skapa och hur idéerna avlöst varandra. "Man kan inte tro att det gått nästan ett år sen senast."

"Får du sova något då?"

"Ja." Hon berättade om den långa sovmorgonen och sedan om den lilla stugans fantastiska charm.

"Blir det inte ensamt?"

"Nej" svarade Nora. "Eller jo - kanske. Men jag har ju Basse." Hon tog en klunk ur vinet.

"Du får väl be Milo besöka dig annars" sa Josefin.

Nora dröjde med sin respons. Ämnet var känsligt och hon var inte säker på var de hade varandra längre. "Jag vet inte" svarade hon och fingrade på glaset. "Det är så längesedan vi sågs."

"Då kanske det är på tiden?"

Nora lovade att tänka på saken innan de avslutade samtalet. Hon drack ur det sista av vinet medan solen sakta vandrade ner bakom talltopparna och lät ett dunkel sprida sig i stugan. Kanske dags för en eld, tänkte hon och reste sig från barstolen. Framme vid ytterdörren klev hon i sina bruna kängor och gick ut för att hämta fler vedträn.

~ TRE ~

MÖRKRET VILADE över sjön när Nora Bäck hörde skottsalvan eka ut i tystnaden. Älgjakten är igång igen, tänkte hon medan hon öppnade dörren och bad Basse att upphöra med sina skall.

"Det är ingen fara" tröstade hon honom då ett andra skott avfyrades från skogen på andra sidan sjön.

Basse gnydde lite och ställde sig intill hennes ben. Hon gav hon en smekning över ryggen och hämtade sedan sin jacka från kroken på hallväggen.

"Ska vi gå en kvällsrunda?" frågade hon medan hon stängde dörren bakom sig. Hon gick nedför verandatrappan och vidare ner mot sjön medan Basse följde henne - något misstänktsam mot de tidigare oljud som fortfarande hängde i luften.

Månen sken på sjöns blanka yta medan de vandrade längst den lilla strandstigen. Basse strosade före henne och uträttade sina behov intill trädens stammar.

Den blanka ytan vilade alldeles stilla då vinden lyste med sin frånvaro. Temperaturen hade sjunkit till tiograderstrecket och nu var vattnet till och med för svalt för den badälskande Basse.

Medan de vandrade stigen fram vandrade hennes tankar iväg till samtalet med Josefin. Hon skakade på huvudet medan hon mödosamt tog sig uppför den lilla höjdskillnaden och undvek att halka på den hala klippan. Hon var inte förtjust i tanken på att höra av sig till Milo men nog var den lockande - kanske kunde de reparera den spända situationen som uppstått dem emellan? Men hur? Och hur skulle hon motivera sitt samtal? Vad skulle hon säga?

Hon satte sig ner på klippan och lät sig en stund njuta av den härliga höstdoften. Trots mörkret kunde hon se hur de färgglada löven föll från träden och hur de sedan guppade på sjöns blanka ytan. Hon hade månen i ansiktet - hennes vackra ansiktslinjer, runda kinder och något spetsiga näsa lystes upp i dess sken. Basse lekte åter vid vattnet - med tappra försök att fånga in ett av löven utan att nödvändigtvis behöva doppa tassarna i det svala vattnet.

Återigen ekade en skottsalva ut över den stilla sjön och skrämde livet ur Basse. Som på kommando reste han ragg och gav ifrån sig några djupa skall.

"Lugn Basse" sa hon. "Kom hit!"

Uppspelt och orolig ställde han sig intill henne, med stupen full av dovt morrande.

"Lugn, gubben" tröstade hon och strök handen över hans rygg. "Det är älgjakten."

Basse lämnade inte hennes sida medan de satt och såg ut över sjön. Spänt satt han och inväntade nästa skottsalva och då och då mullrade hans dova morrande varpå Nora strök honom än mer omsorgsfullt längst ryggraden och kliade lite extra bakom de uppspärrade öronen.

"De är långt borta" lovade hon honom medan han såg på henne med oroliga ögon. "De är på andra sidan sjön."

Kvarten passerade förbi medan de njöt av den vackra månavbildningen på den stilla vattenytan. Vilken magisk drömbild, tänkte hon. Fridfullt med tystnaden och den vackra omgivningen - så långt i från Stockholms storstadspuls med ständiga ljud, trängsel och få utrymmen för att stanna till och insupa omgivningen. Fullmånen sken denna kväll i full styrka och vad som utspelade sig framför hennes ögon gick knappt att beskåda på vare sig ett fotografi eller en tavla någonstans. Några mörka moln närmade sig ifrån norr och täckte en del av den annars stjärnklara himlen. Det skulle visserligen regna inatt, tänkte hon. Det hade de aviserat på nyheterna.

I grunden var hon en frilufsmänniska. Sedan barnsben hade hennes föräldrar tagit med henne och brodern ut i skogarna, semestrat på campingar - vandrat på leder och bestigit fjäll. Sedan kom högskolan och flytten hemifrån. Leksand byttes ut mot Stockholm - kvällar i skogen mot kvällar på krogen - svampplockning med brodern mot studerande. Livet tog nya riktningar och naturen och familj hamnade mer i skymundan för var termin som passerade.

Det ångrade hon idag. Om hon bara kunnat gå tillbaka i tiden, tänkte hon. Då skulle hon ha spenderat mer tid med dem då de fortfarande fanns vid hennes sida. Medan de fortfarande fanns i livet. Medan hon fortfarande hade en familj. Hon torkade en tår från kinden och klappade sedan Basse över ryggen där han låg på huk tätt intill henne. Nu kände hon duggregnet dala ned från skyn. Små dis av vatten träffade ytan på den stilla sjön.

"Ska vi gå tillbaka?"

Han såg undrande på henne.

"Ska vi?"

Han reste sig och gav henne en putt med nosen. Hon log och reste sig hon med. Tillsammans tog de sig nedför den lilla klippavsatsen och vandrade åter stigen längst sjöns norra sida.

Basses skall ekade ut över sjön och ställde Nora som inte förstod vad som inträffat. Han reste ragg och spände bak de spetsiga öronen. Innan Nora hann lugna honom hade han satt av - i mörkret såg hon honom försvinna ner mot vattenbrynet längre bort.

"Basse" skrek hon.

Men förgäves. Hon skakade på huvudet och följde i raskare takt hans spår. Vad var det nu då? Tankarna for i hennes huvud. Vad hade han fått vittring på? Björn? tänkte hon. Det finns väl ingen björn i dessa trakter? Kunde det vara en älg? Vildsvin?

Den skällande hunden hördes över hela området då hon kom fram till vattenbrynet. Basse stod morrandes någon meter ifrån vattenlinjen. Och hon insåg nu att de inte var ensamma. Något eller någon låg på strandkanten - men mörkret gjorde det svårt för henne att urskilja vad det var? Något krälade upp ur vattnet.

När hon kom närmare såg hon att det var formen av en människa som krälade i sörjan - krypandes på alla fyra kämpade personen sig upp ur vattnet. Nora fick hjärtat i halsgropen medan hon drog åt sig den morrande Basse.

Personen sträckte ut handen mot henne och försökte med små kvävda ljud att tala. Nu såg hon att det var en man.

"Vad har hänt?" frågade hon.

"Hjälp" lyckades mannen få ur sig medan han rullade över på rygg. "Snälla."

Nora tog några steg fram mot mannen och föll till knä vid hans sida. Basse tog några försynta steg men avvaktade och gav ifrån sig ännu ett dovt morrande. Sakta vande sig Noras ögon vid mörkret och hon såg nu mannens ansikte - hur denne grimaserade och hon hörde på hans andning att något inte stod helt rätt till. Rostlig och med begränsningar.

"Vad har hänt?" frågade hon.

Mannen tog sig med möda för bröstet. Nora kisade och insåg nu att mannen blödde från ett öppet sår alldeles under nyckelbenet. Skjuten? tänkte hon och mindes de skottsalvor som för en stund sedan ekat ut över sjön. Kunde det vara så?

Mannen försökte med några kvävda ljud att kommunicera men Nora kunde inte höra vad han försökte att säga henne. Med ett svagt grepp om hennes hand möttes deras ögon. Nora stod lamslagen på knä medan mannen slöt sina ögon.

Vad skulle hon göra?

Ett sista kvävt ljud lämnade mannens strupe och det svaga greppet om hennes hand försvann innan hans hand föll till den gyttjiga marken. Nora fick hjärtat i halsgropen och vågade inte andas - med uppspärrade ögon såg hon ned på mannen.

Var han död?

~ FYRA ~

NORA BÄCK sprang så fort som benen bar henne över den lilla skogstigen längst sjön med Basse i tätt följe. Mannen från sjön visade inga livstecken och nu var den enda kvarstående insatsen att larma efter räddning - men för det behövde hon sin mobiltelefon som låg kvar i den lilla stugan.

Trots att hennes ögon vant sig vid mörkret snubblade hon på allehanda rötter och småsten som korsade hennes väg. Hon kände värken i sitt vänstra knä efter den senaste kollisonen med den hårda marken - men ignorerade den då tankarna endast fanns hos den döde mannen.

Vem var han? Hur hade han hamnat där? Kunde han ha simmat över sjön? Skotten kom visserligen från den andra sidan av sjön - men borde inte Nora ha hört honom komma simmandes?

Andfådd nådde hon såväl den lilla stugan. Det välkomnande ljuset och den gudomliga doften av den rykande skorstenen. Hon släpade sig uppför trappan till verandan och sköt ytterdörren åt sidan - vidare in i hallen, genom vardagsrummet och fram till köksön där hennes mobiltelefon låg på laddning.

Hon tog några korta inandningar för att lugna ned sig och slog sedan larmnumret på skärmen. Signalerna ljöd några sekunder innan rösten från en kvinnlig operatör på SOS Alarm hördes.

"Ja, hej - Jag har..."

Hon avbröt sig då andningen efter den långa ruschen genom skogen tagit på krafterna.

"SOS Alarm" upprepade operatören sig. "Vad har inträffat?"

"Det finns en död man här." Hon tog några djupa andetag och lutade sig mot köksön. "Han ligger nere vid vattnet."

"Lugna ned er lite" sa operatören vänligt. "Ta några djupa andetag och redogör sedan förloppet - var befinner ni er?"

Nora följde operatörens råd och efter att hon fått tillbaka en någorlunda normal hjärtrytm så redogjorde hon för operatören hur hon funnit mannen nere vid vattnet - troligen skottskadad och hur denne sedan avlidit i hennes famn.

"Patrull och ambulans är på väg" tröstade operatören.

ETT SVAGT ljussken träffade vardagsrumsfönstret medan Nora Bäck fortsatt talade med den lugnande operatören från SOS Alarm - det varade bara några sekunder och försvann sedan.

"Jag tror de anlände nu" sa Nora och lämnade köket, gick till den öppna ytterdörren då Basse återigen skällde ute på tomten och såg ned mot vattnet och sedan bort mot vändzonen där ljuset kommit ifrån.

Vad underligt? tänkte hon - säker på att ljuset från en bil just reflekterats i fönstret. Varför fanns där inget fordon? Så många minuter hade visserligen inte passerat sedan hon larmade - kunde polisen verkligen redan vara i närheten?

Regnet ökade i styrka och det tidigare duggande diset hade övergått till rena droppar. Stackars man, tänkte hon. Stackars döda man. Ingen puls hade hon funnit och hennes försök till hjärtlungräddning hade inte gett önskvärt resultat.

Minuterna senare anlände den första polispatrullen till platsen. Blåljusen blixtrade ut över skogen och dess sirener ekade ut över sjön. Regnet hade nu ökat i takt och stod som spön i backen - till Basses förtret där han skällande stod skyddad under verandataket. Nora klappade honom lätt på huvudet och gick sedan ut på den grusiga gårdsplanen för att möta upp patrullen.

En kvinnlig polis klev ur bilen och mötte Nora.

"Var det ni som ringde?"

Nora nickade. "Kroppen finns lite längre ner längst skogstigen."

"Vill ni vara så snäll och visa oss?" frågade den manlige polisen som just klivit ur förardörren.

Nora nickade och gick i sällskap av Basse före poliserna ned mot den lilla skogstigen som började intill stugans lilla sjöstrand.

Just som de kom till början av stigen stod där plötsligt en man. Nora ryggade till och poliserna lyste upp främlingens ansikte med sina starka ficklampor. Mannen var klädd i jägarkläder och lyfte armen för att värja sina ögon från det starka skenet från ficklamporna.

"Polis" skrek den kvinnliga polisen. "Vem där?"

"Göran Josefsson - Kriminalinspektör."

Den manlige polisen tog några steg närmare.

"Göran?" frågade han. "Vad gör du här?"

"Jag låg på vakt i skogen då larmet inkom så jag åkte hit" svarade han och pekade mot pickupen som stod på en liten avstickare längre in i skogen. "Vad har vi?"

Uppe vid stugan såg Nora nu hur ambulansen svängde in på den grusiga gårdsplanen i tätt följe av ytterligare två blåljusblinkande fordon.

"Var finns kroppen?" frågade den kvinnlige polisen.

"Följ den här stigen" svarade Nora. "Ni kommer att se en klippavsats. "Mannen ligger alldeles intill den - nere vid sjöns strandkant. Det går inte att missa."

"Jag tar hennes uppgifter" sa Göran. "Gå ni och se efter."

De båda polismännen gick nedför stigen samtidigt som en kvinna kom fram till Nora och Göran. Nora såg på den kämpande kvinnan som uppenbart var höggravid - hur hon vaggande kom fram till dem, tog några djupa andetag och sedan skakade hon på huvudet.

"Typiskt att det ska regna." Hon sträckte ut sin hand mot Nora. "Det måste vara du som larmade?"

Nora nickade och tog hennes hand i sin.

"Jag är Kommissarie Veronica Berg" fortsatte hon och såg på Göran. "Skulle inte ni jaga ikväll?"

"Jo - jag låg på vakt när larmet kom" svarade Göran. "Laget arrenderar delar av marken på andra sidan sjön, så jag var i närheten."

"Jaha ja" sa Veronica. "Så..."

"Nora" sa Nora då hon förstod att Kommissarien var ute efter hennes namn.

"Så Nora - berätta vad som hänt?"

Nora drog ett djupt andetag och redogjorde sedan förloppet för de båda poliserna. Hur Basse sprungit iväg och morrandes hittat den kämpande mannen nere i vattenbrynet. Liggandes i gyttjan med ett sår under det vänstra nyckelbenet - troligen en skottskada.

"När jag kände att hans hand förlorade kraften så kontrollerade jag hans puls." Hon skakade på huvudet. "Men nej - han andades inte längre."

"Och han reagerade inte på er förstahjälpen?"

Hon skakade återigen på huvudet.

"Och sen?"

"Jag sprang tillbaka längst stigen - vidare in i huset och larmade er."

"Var det första gången du såg mannen då han låg nere vid strandkanten?" frågade Göran.

"Hur menar ni?"

"Jag menar om du såg honom komma simmande - eller hörde honom komma i skogen?"

"Nej" sa Nora. "Jag tycker också att det är konstigt - skotten jag hörde kom från andra sidan sjön. Jag är hundra procent säker på att mannen var skadad och med stor säkerhet en skottskada då såret påminde om ingångshålet efter en kula." Hon skakade på huvudet. "Men hur mannen kunnat simma över hela sjön med den skadan är en gåta."

"Om han nu kom från andra sidan sjön" sa Göran. "Du såg ingen annan? Någon som varit här medan du har? Något anmärkningsvärt?"

Nora skakade på huvudet.

"Det har bara varit jag och Basse sedan taxichauffören släppte av oss i förrgår."

~ FEM ~

INGEN KROPP?

Nora Bäck trodde inte sina öron. Hon fann det som Kommissarie Veronica Berg avslöjat som högst osannolikt och enormt förvirrande. Hon hade själv sett den främmande mannen dö - hur kunde där inte finnas någon kropp?

"Men om ni inte har hittat någon kropp" sa hon och såg med chockade ögon på samlingen med räddningspersonal och poliser som stod runt den lilla stugans veranda. "Vem var det då som dog i mina armar?"

"Vi har spärrat av platsen och tekniker kommer att arbeta där natten igenom" sa den höggravida Veronica och lade en hand på Noras axel. "Men i nuläget har vi ingen kropp som stärker din historia." Hon drog ett djupt andetag medan regnet fortsatte att ösa ner. "Ingen kropp - inget mord."

Det fanns en kropp, tänkte Nora och blickade ut över sjön bakom Veronica. Den skottskadade mannen som krälande kommit upp ur sjön och sedan dött i famnen på henne - hon var säker. Men var fanns hans kvarlevor? Hon hade lämnat honom där i gyttjan vid sjöns strandkant för att larma - hon förstod inte var kroppen kunde ha tagit vägen under tiden?

"Kan den ha flutit ut i sjön igen?"

Veronica ryckte på axlarna. "Våra tekniker kommer som sagt att arbeta på platsen. Imorgon får vi muddra sjöns botten med dykare men..." Hon skakade på huvudet. "I nuläget finns tyvärr ingenting som stärker din redogörelse."

"Tror ni jag har hittat på alltsammans?" frågade Nora, aningen irriterad.

"Nej" svarade Veronica. "Vi kommer att ta till alla medel för att finna den kropp som du säger dig ha sett. Om den har flutit ut i sjön så kommer vi att finna den."

Nora var inte säker på att rättsväsendet tog hennes historia på allvar. Jag såg mannen dö, tänkte hon. Jag är helt säker på att det hände.

"Försök att vila en stund" sa Veronica vänligt. "Vi kommer att finnas här på plats om det är något."

Nora kände efter - visst var hon trött. Kanske var det lite sömn som hon behövde. Rensa tankarna, vakna upp till en ny dag - och kanske, kanske kunde hon se på det hela med lite klarare blick. Hon nickade.

"Du kanske har någon du kan ringa?" frågade Veronica vidare. "Du kan behöva någon som du känner dig trygg med nu när du genomgår detta?"

Nora nickade på nytt och tackade för den varma omtanken innan hon äntrade stugan och stängde dörren om sig. Omtumlad tog hon av sig höstkängorna och ställde dem under trappan till sovalkoven. Mödosamt och med trötta steg gick hon fram till soffan och slog sig ned bredvid den vilande Basse. Hon gav honom några vänliga klappar över ryggen och skakade sedan på huvudet medan hon stirrade rakt fram.

Hon förstod det inte. Vad var det egentligen som hänt i kväll? Och varför fanns där ingen kropp?

"Du såg väl också mannen?" frågade hon Basse som med sina stora ögon såg upp på sin matte. "Inte är vi väl galna heller?"

Skulle hon ringa samtalet? Hon såg ned på mobiltelefonen som vilade på det lilla runda bordet. Var detta anledningen hon väntat på? Hon var övertygad om att han skulle komma att ställa upp för henne - att han skulle resa milen för att finnas där. Men var hon säker på att hon skulle klara av att ha honom där? Det hade trots allt passerat en längre tid sedan de skiljdes åt?

Hon drog en djup suck och fiskade upp telefonen från bordet, fick fram namnet på skärmen och satte den mot örat.

"Milo?"

"Hej." Hon harklade sig. "Det är Nora."

En kort tystnad följde.

"Är allting bra?" frågade Milo. "Det låter som att något hänt?"

"Så kan man absolut uttrycka det." Hon skakade på huvudet. "Jag är i Värmland."

"Jag vet - Josefin berättade för mig."

Såklart hon gjorde, tänkte Nora och log.

"Har det hänt något?" frågade Milo på nytt.

"Ja" svarade Nora, slöt sina ögon och tog ett djupt och lugnande andetag. "När jag rastade Basse ikväll så fann vi en man nere vid sjön - skottskadad."

"Skjuten?"

"Ja - han dog senare i mina armar."

"Men..." sa Milo med chock i rösten. "Är du okej?"

Nora skakade på huvudet och lutade sig tillbaka i soffan. "Polisen kan inte finna hans kropp."

"Vems kropp?"

"Mannen som dog."

En kort tystnad.

"Var är kroppen då?"

"Det vet jag inte" svarade Nora. "Jag lämnade den vid sjön när jag sprang för att larma polisen och nu..." Hon harklade sig. "När polisen anlände så var kroppen borta."

Hon lade handen på den sovande Basse och smekte sakta genom pälsen.

"Vill du att jag kommer?"

"Kan du det? Jag vill inte att du hamnar i kläm."

"Inga problem" svarade Milo. "Jag är min egen chef. Är det okej om jag reser imorgon under morgonen?"

"Absolut" svarade Nora. "Du kommer när du kommer - jag har folk runt mig här så det är inte för den sakens skull." Hon pausade kort. "Men det vore trevligt med ditt sällskap."

"Jag sover några timmar och åker sedan."

"Tack."

När samtalet avslutats satt Nora och stirrade rakt framför sig. Försökte att gå igenom händelseförloppet och förstå vad det var som hade hänt under kvällen.

Ingen kropp? tänkte hon. Hur var det möjligt?

Mannen hade dött i hennes armar. Hon hade själv kontrollerat hans puls och andning innan hon påbörjat sin räddning. Inte kunde han väl ha vaknat till och lämnat platsen? Nej - inte så skadad som han varit.

Och om han nu flutit ut i sjön igen så borde rättsväsendet kunna säkra bevis och ledtrådar i den där gyttjan han kravlat i - nog borde där finnas några tecken kvar. Fotspår - hans handavtryck när han släpat sig upp ur vattnet. Något borde de kunna finna? Men nu var hon för trött för att tänka. Alldeles för omtumlad av händelsen för att ägna den några fler tankar och funderingar. Hon behövde sömn.

I badrumsspegeln inspekterade hon sitt ansikte medan tänderna borstades. Stirrade sig själv djupt in i ögonen och skakade sedan på huvudet innan hon spottade ut tandkrämen innan hon svalde ned lite kallt vatten. När tandborsten placerats i den lilla plastmuggen skvätte hon lite av det kalla vattnet i ansiktet.

Hon kände av rädslan. Ångesten som kom med ond bråd död - hon hade sett för mycket av den under den senaste tiden. Varför fortsatte den att finnas i hennes närhet? När skulle det ta slut? Vad var det som drog den till henne? Hon skakade på huvudet och lät dropparna av det kalla vattnet rinna nedför hennes kinder och haka. När skulle all död i hennes liv en gång för alla lämna henne?

Hon bäddade ned sig i sängen och smekte Basse över ryggen där han låg intill henne - nedborrad i det fluffiga duntäcket.

Hon drog ett djupt andetag, sedan en gäspning och sträckte sig efter den lilla sänglampan. När rummet väl slocknade såg hon skenen från polisernas ficklampor skina in genom fönstret.

Till ljudet av regn somnade de båda till en natt av mardrömmar och oro.

~ SEX ~

KOMMISSARIE VERONICA Berg stod intill strandkanten. Klädd i en uppknäppt höstjacka vilade hon den ena handen ovanpå den gravida magen medan hon såg på hur dykarna muddrade den västra stranden. En månad återstod till dess att hon skulle få gå på sin välbehövliga mammaledighet - om nu inget oförutsett inträffade.

Någon kropp hade de inte funnit under morgonen - ingenting som kunde styrka Nora Bäcks utsago. Några spår hade säkrats vid den plats som Nora sagt sig ha sett mannen men regnet hade kontaminerat det mesta i lervällingen.

Regnet hade avtagit under tidig morgontimma. En svag solstrimma sken igenom de vita molnen och en lätt dimma ångade upp från sjön. Dess blanka yta låg alldeles stilla då vinden avtagit i styrka. En vacker höstmorgon, tänkte Veronica.

Kriminalinspektör Gunnar Josefsson kom gående mot henne efter att han sonderat terrängen. Han ställde sig intill hennes sida och såg ut över sjön där dykarna och muddringsbåtarna arbetade.

"Nå?" frågade Veronica.

"Nej - ingenting."

Han var fortsatt klädd i sina jägarkläder med gröna byxor med hängslen och rödvitrandig skjorta. Veronica såg på honom. Han påminde mer om en skogshuggare än en mordutredare.

"När ni låg på pass igår..."

Han nickade och mötte hennes blick.

"Sköt ni något?"

"Ja - Bengtsson sköt en älg" svarade han. "Och natten innan sköt Johansson en gris. Vad tänker du på?"

"Nej - bara på Noras utsago. Hon ska ha hört skott någon kvart eller tjugo minuter innan det att hon upptäckte mannen." Hon ryckte på axlarna. "Det kan ju stämma om ni sköt en älg."

"Men mannen?" sa han. "Det finns inget som tyder på det. Och att någon skulle kunna simma skottskadad över sjön?" Han skakade på huvudet. "Och det dessutom på femton till tjugo minuter? Det är nästintill omöjligt."

Hon nickade instämmande.

"Hur mycket vet vi om tösen?"

"Tösen? Du menar Nora?"

Han nickade.

"Inte mycket mer än det hon berättade under kvällen. Hon hyr stugan på veckobasis - anlände för två dagar sedan." Hon vände på sig och såg mot den lilla stugan. "Hon bor och arbetar i Stockholm." Hon ryckte på axlarna och vände sig åter mot sjön. "Mer än så vet vi inte."

"Kanske" sa han. "Jag tänkte om jag skulle ta reda på mer om henne? Jag menar - hon kanske har varit med om något eller har en sjukdom? Som får henne att se saker som inte finns?" Han ryckte på axlarna och spottade en loska framför sig innan han grävde i bröstfickan efter sina cigarretter. "Vi har ju trots allt inte funnit någon kropp eller något som stärker hennes anmälan."

Veronica funderade en stund.

"Det var bara en tanke" sa han medan han tände cigarretten som hängde i mungipan.

"Ja" sa hon. "Vi behöver nog göra det - men i nuläget är hon inte misstänkt för något." Hon skakade på huvudet och såg åter mot huset. "Jag såg rädslan i hennes ögon igår. Någonting hände nere vid sjön."

NORA BÄCK öppnade sakta sina ögon i den dunkla sovalkoven. Stugan var kylig och hon hade fortfarande sina mjukisbyxor och tjocktröja på sig under det varma duntäcket. Basse slickade omsorgsfullt hennes hand då han upptäckte att hon vaknat men kröp sedan ihop nere vid fotänden och somnade om.

En ny morgon, tänkte hon. Och inte en morgon som hon tänkt sig. Hon hade planerat att få så mycket arbete som möjligt utrett under veckan - nu hade en död man förstört de planerna. En död och försvunnen man. Och hon var den enda som sett till honom.

Hon klev ur sängen, satte raggsockorna mot golvet och höll armarna ovanför huvudet medan hon gäspande sträckte på sig. Några få timmars sömn hade hon fått - men inte mer än så. Gång på gång hade hon vaknat av någon mardröm eller bil som anlände utanför.

Poliserna måste ha arbetat hela natten, tänkte hon då hon stegade nedför den branta trappan från sovalkoven. Något måste de ha funnit nu?

Hon fyllde vatten i kaffebryggaren och laddade melittafiltret med kaffe, slog sedan på brytaren och såg mot sovalkoven.

"Basse" ropade hon med vänlig röst. "Vill du gå ut?"

Basse var segstartad denna morgon. Nog hörde han henne ropa men valde att ligga kvar några minuter i den fortsatt varma och bekväma sängen.

Nora trädde på sig en tjockare tröja ovanpå det tunna svarta linnet och hällde upp en kopp med det nybryggda väldoftande kaffet. När hon trädde fötterna i kängorna och öppnade ytterdörren kunde inte längre Basse motstå erbjudandet att möta morgonens friska luft. Med lätta steg studsade han nedför trappan och for ut genom dörren med försynt viftande svansföring. Några skall gav han ifrån sig då han upptäckte de många poliser som arbetade nere vid sjöns strandkant.

"Dom får vara där" log Nora.

Basse såg på henne, sedan misstänksamt på poliserna och gav ett sista skall innan han strosade iväg mot buskagen intill stugtomtens skogskant. Nora såg efter honom och sedan ned mot poliserna.

Den höggravida Kommissarie Veronica Berg kom vaggandes och andfådd mot henne. Hade de funnit mannen? tänkte Nora. Hade hans kropp helt enkelt flutit ut på sjön och sjunkit? Det var visserligen inte så troligt, tänkte hon, då hon övergett den döda kroppen någon meter ifrån vattenlinjen. Hon skakade på huvudet. Men i nuläget var det den enda logiska förklaringen.

"God morgon" inledde Veronica och tog några besvärande andetag.

"God morgon" svarade Nora artigt och väntade en stund medan Kommissarien tog igen sig. "Något nytt? Har ni funnit kroppen?"

Veronica skakade på huvudet. "Nej - inte än."

Underligt, tänkte Nora. Sjön var inte särskilt stor och polisen hade sökt där natten igenom.

"Men en blodhund har markerat på den plats du pekade ut" fortsatte Veronica. "Teknikerna har skickat gyttja för undersökning i labbet men vi vet inget än."

Blod? tänkte Nora. Då har de kanske vissa framsteg. Men inget brott utan en kropp. "Min hund - Basse - är duktig på att spåra." Nora såg trött på Basse som lekte i vattenpölarna.

"Se där" log Veronica och såg på Nora. "Har du fått sova något?"

Nora nickade medan Basse kom springandes över tomten - i full färd med att jaga en ekorre.

"Inget nytt som du minns idag?" frågade Veronica.

Nora skakade på huvudet. Allting hade gått så fort - hon mindes det hela som att det var över på några sekunder.

Veronica suckade. "Det är en knivig situation du satt mig i." Hon log och såg på Nora. "Ingen kropp..."

"Men du tror mig?" frågade Nora med blicken ut över den stilla sjön. Dykarna hade gett upp och var nu på väg att lasta sina gummibåtar på släpkärrorna.

"Jag måste väl det" log Veronica på ett icke övertygande sätt. "Med tanke på hundens markering så var det helt klart någonting du stötte på vid strandkanten."

~ SJU ~

KOMMISSARIE VERONICA Berg satt inne på sitt kontor på stationen. Persiennerna var neddragna och stängde ute det lilla ljus som behagade skina genom de täta molnen på eftermiddagshimlen. Små regndroppar smattrade mot fönsterbrädan.

Veronica reste sig mödosamt ur stolen och lämnade rummet. Hon begav sig nedför korridoren och in i det större konferensrummet. Inspektörer, tekniker och polismän hade samlats och satt nu och utbytte teorier med varandra.

"Hej allesammans" sa Veronica och slog sig ned i en ledig stol intill bordet. "Då inleder vi detta möte."

"Låt mig vara den första att säga att detta är ett väldigt underligt och unikt fall" sa hundförare Vilma Henriksson. "Jag menar... vi har inte någon kropp."

Veronica nickade instämmande medan hon lade pappersblocket framför sig på bordsskivan.

"Bör vi ens betrakta det som mord?" frågade sig Kriminalinspektör Gunnar Josefsson. "Kan vi ens vara säkra på att något brott faktiskt begåtts?"

"Blodhundarna" inledde Vilma.

"Blodhundarna?" avbröt Gunnar henne. "Blodet kan likväl komma från flickan i stugan." Han skakade på huvudet. "Vem vet vilka vanföreställningar hon haft?" Han ryckte ointresserat på axlarna. "Med lite alkohol i kroppen, en sen promenad... jag menar... hundens indikation på blod kan likväl vara blod från flickan."

"Eller från flickans hund?" påpekade Konstapel John Andreasson. "En skadad tass från de vassa klipporna?"

Veronica såg på Gunnar och sedan på John. De båda satt klädda i sina jägarkläder - gröna byxor, rödbruna västar, fullylleskjortor. Gunnar med en grov mustasch och den något yngre John med glest skägg. Båda kortklippta och med ointresserade blickar. All deras fokus är väl på jakten, tänkte hon.

"Det kommer labbresultatet att utvisa" svarade Vilma. "Om mina hundar indikerar på blod, då kan ni lita på att där är blod."

"Visst, visst" svarade Gunnar fortsatt oinspirerat.

"Vad vet vi om flickan?" frågade en polisman. "Umgås hon med någon härifrån?"

Veronica vände blicken mot honom.

"Ja, jag menar om jag och kollegorna ska hålla utkik efter något särskilt under kvällsskiftet?"

"Vi har en patrull som bevakar Noras stuga med jämna mellanrum, både för hennes egen säkerhet samt om något nytt skulle inkomma" svarade Veronica. "Tills vi vet vad som pågår så bör samtliga i tjänst hålla ögonen öppna efter mystiska beteenden." Samtliga nickade instämmande medan Veronica såg ned i sina papper. "Ingen person som stämmer in på Noras beskrivning eller med de skador hon talat om ska ha inkommit till något utav regionens sjukhus."

"Så hur går vi vidare?" frågade Gunnar. "Jag säger som jag sagt tidigare - vi bör gräva i flickans bakgrund." Han skakade på huvudet. "Det senaste dygnet har varit närmast en cirkus och resultaten... " Han såg på Vilma. " ...förutom indikationen på blod i gyttjan - ja, vi har ingenting att utreda."

"Jag håller med dig om att det är en unik situation och fram till det att vi har någon form av rätsida på vad som hände i natt så kommer vi inte att undersöka Noras bakgrund." Veronica reste sig mödosamt och såg sedan på Gunnar. "Och sluta referera till henne som ´flickan` - Nora är faktiskt trettiotvå år gammal."

MOTORCYKELN EKADE över skogen medan Nora Bäck hörde den närma sig. När den stannade till invid stugan stod hon redan på altanen medan Basse vaksamt närmade sig den svartklädde Milo Django. Först när han fått av sig hjälmen och lät det svarta rufsiga håret falla ner så kände Basse igenom honom och lät svansen visa att han var välkommen.

Solen hade brutit igenom de grå molnen och sken nu på Noras röda hjässa. Hon kisade mot Milo och log medan han klappade om den överlycklige hunden.

"Välkommen till urskogen" sa hon och gav honom en välkomnande om än stel omfamning. "Gick resan bra?"

"Bara väl" svarade han och såg djupt in i hennes ögon. "Hur mår du?" Han skakade på huvudet. "Du måste berätta för jag förstod inte mycket av det du sa igår." Han släppte taget om henne, rättade till sin ryggsäck och följde efter henne in i stugan medan Basse strosandes stannade utomhus.

Milo såg ut precis som vanligt - så som han alltid sett ut. Ungdomligt pojkaktig med renrakade och lena kinder, det svarta krulliga svallet som omfamnade det runda ansiktet och de snällaste bruna ögon som Nora någonsin sett.

Hon studerade honom noga där han trädde av sig den tajta MC-jackan och krängde av sig kängorna. Hans vältränade överkropp trädde fram medan han tog av halsduken och hängde den bredvid jackan på klädhängaren.

"Vad mysigt du har det här" log han medan han såg sig om. "Man kan tro att det är ett av dina verk."

"Hade det varit mitt verk hade jag sett till att det fanns en murad stenspis istället för denna plåtburk" svarade hon och slängde in ännu ett vedträ i kaminen. "Det är verkligen kallt på mornarna."

Nora bryggde nytt kaffe i bryggaren medan Milo såg sig omkring i den lilla men inbjudande stugan. Framme vid soffbordet stannade han till och såg på de ritningar och den modell som Nora påbörjat.

"Så du fann inspirationen igen?"

Nora vände sig om och såg åt Milos håll och nickade sedan smått leende.

"Vad arbetar du med?"

"En modell för en flermiljonsvilla" svarade Nora. "En rik stockholmare inom näringslivet som skall bygga sig en trevåningsvilla översvämmad med lyx någonstans på en tomt nära Mälarens strand."

"Näringsidkare" fnös Milo tyst för sig själv. "Det är väl bara dem som har råd."

"Men det var roligt" medgav Nora. "Att äntligen vara tillbaka i arbete igen. Och omgivningen här hjälpte verkligen."

Milo log.

"Åtminstone tills den där mannen dök upp, fortsatte Nora och slöt sina ögon.

Vid bordet bad Milo henne berätta om natten då mannen dök upp nere på stranden medan han rörde ner en sockerbit i det nybryggda och rykande kaffet.

Nora berättade hur hon gått den sista kvällspromenaden med Basse - hur de gått längst strandkanten och stannat till vid klippan för att beskåda den vackra månen som speglade sig röd över vattenytan. Det var där de hörde skotten.

"Det är älgjakt så det har smällt några gånger per kväll och natt."

Milo nickade och smuttade på kaffekoppen.

"På väg tillbaka till stugan en stund senare fick Basse nys om något. Han satte av som om han hade eld i baken och skällde - skällde som rabiat rakt ut i mörkret. Jag var övertygad om att det var ett vildsvin." Nora skakade på huvudet. "När jag hann upp honom stod han skällandes nere vid vattnet med tassarna i gyttjan."

Milo såg på Nora då hon tystnat och slutit sina ögon. Hon var fortfarande sådär vacker som alltid - med det röda håret uppsatt i en slarvig knut, de rödrosiga kinderna och den stickade fjälltröjan runt sig. Han log och såg sedan ned på kaffekoppen som vilade mellan hans knubbiga mansfingrar.

"Jag förstår det inte?" fortsatte Nora med slutna ögon. "Jag såg denna man kräla upp ur gyttjan - nedblodad och blöt. Sedan tog han sitt sista andetag och dog i min famn." Hon öppnade sina ögon och såg på Milo. "Polisen tror inte på min utsago."

Milo sträckte ut sin arm och fångade upp hennes kalla hand i sin.

"Men jag vet vad jag såg, Milo. Jag såg mannen. Jag hörde honom yttra några sista ord. Jag kände hans sista andetag." Hon skakade på huvudet. "Vi måste hitta kroppen."

~ ÅTTA ~

I KÖKET slamrade Milo med grytor och kastruller medan han försökte sig på att bemästra en kycklinggryta på de få färskvaror som Nora haft med sig till stugan. Smått tagen av Noras berättelse om mannen som dog i hennes famn sköljde han av kökskniven under kranen.

Några frysta filéer låg på skärbrädan och inväntade att få marineras i den kryddblandade oljan. Milo smakade av och tog sedan ännu en nypa salt och strödde ned den i blandningen. Inte hans bästa gryta, tänkte han, men nog skulle den duga till dem och med en flaska vin till skulle nog kvällen kunna räddas. Och förhoppningsvis få Nora på andra tankar - visst trodde han henne, där fanns inga tvivel om att det hon sade var sanningen.

Men hur kunde de få Kommissarie Berg att vidare utreda händelsen om de inte kunde styrka att där faktiskt fanns en kropp? Hur mycket han än skulle ge sig på att försöka få Nora på andra tankar så förstod han att hon inte skulle släppa taget förrän dess att hon bevisat sin historia som sann. Så pass väl kände han denna rödhåriga, starka och envisa kvinna.

NORA BÄCK vandrade stigen ned - samma stig längst vattnet och samma stig som hon för mindre än ett dygn sedan funnit den skottskadade mannen.

Polisen hade släppt på avspärrningarna och teknikerna hade sonderat terrängen i jakten på något som kunde styrka hennes historia.

Men hade de funnit några bevis? tänkte hon. Det måste ha funnits blod? Hon visste att blodhundar sökt igenom det område som hon pekat ut - det område där mannen låg alldeles blodig och hjälplös intill strandkanten - men hade hundarna markerat för blod?

Hon skakade på huvudet. Var hade mannen tagit vägen? Han var ju död när hon lämnade honom.

Hon satte sig ned på den lilla klippavsatsen där hon och Basse tidigare sett på den vackra månen som reflekterat sig i sjöns blanka spegelbild.

Basse strosade runt. Tidigare hade han markerat med ett dovt morrande mot platsen intill strandkanten - troligen med minnet av den mörka gestalten som krälat upp ur vattnet några timmar tidigare.

Nog visste de båda vad de sett där under natten.

KOMMISSARIE VERONICA Berg såg fundersamt på Inspektör Gunnar Josefsson.

"Kom igen, Veronica" upprepade han sig. "Resultatet av det blod som hittades på platsen kan ta evigheter." Han lutade sig tillbaka i stolen. "Det kan lika gärna komma från ett skadat djur. Det kan till och med vara så att blodet kommer från hennes egen jycke om han skadade sig på de vassa klippstenarna eller vid strandkanten."

"Ja" svarade Veronica. "Men att starta en utredning om Nora Bäck och gräva i hennes liv utan några som helst grunder?" Hon skakade på huvudet. "Det finns ingen kropp och såvitt vi vet finns det ingenting som tyder på att en person har mördats eller anmält saknad."

"Så?"

"Så... nej." Hon skakade åter på huvudet. "Vi har inga grunder att utreda Nora - hon är varken misstänkt eller intressant såvida inte en kropp hittas eller det att blodanalysen visar att en människas blod spilldes på platsen."

"Så vi avvaktar?"

"Ja tills vidare" svarade Veronica. Av någon anledning verkade Gunnar irriterad över hennes svar och hon noterade hans suck. "Varför är du så angelägen om att starta en utredning mot denna kvinna?"

"Det är jag inte" svarade han kort. "Men kanske kan vi stänga utredningen helt om vi hittar något i hennes liv som tillexempel tidigare psykoser eller schizofreni."

"Så du tror att Nora är psykiskt sjuk?"

"Kanske." Han ryckte på axlarna. "Jag menar - hur ofta händer det att en kvinna bevittnar en man död mitt ute i ingenmansland och under den korta stund som hon är och larmar polisen så försvinner kroppen?"

"Så hon har hittat på historien?"

"Jag vet inte, Veronica?" Han ryckte på axlarna och lutade sig fram i stolen så att jägarvästen hängde ned över det plumsiga magvalvet. "Det är bara en teori och jag anser att vi bör gå till botten med fallet med förhoppning om att kunna lösa gåtan och fokusera på de mord som faktiskt har begåtts." Han lutade sig åter bakåt i stolen. "Men det är bara min åsikt."

"Du verkar väldigt angelägen om att få gräva i hennes liv" svarade Veronica. "Vilka är de grunder du baserar dessa misstankar på?"

"Bara på det faktum att historien är så bisarr - Jag menar, det låter alldeles för otroligt för att ha hänt men även för otrolig för att kunna vara påhittad." Han skakade på huvudet. "Inte ens en författare skulle komma med en sådan berättelse."

Veronica satt tyst. Försjunken i sina egna tankar. Visst höll hon med om att Nora Bäcks redogörelse var en aning förvirrande och visst kunde man lätt ta den för att vara uppdiktad. Men samtidigt var där någonting hos den rödhåriga flickan som visade på något annat - den där rädslan i hennes ögon. Veronica hade inte misstagit sig på den - Nora Bäck var uppenbart chockad den natten.

"Har blodhundarnas spår lett oss någonstans?" avbröt Gunnar hennes tankar. "Har labbresultaten återkommit?"

Veronica skakade på huvudet. "Nej - då det inte kan klassas som något brott ännu så prioriteras det inte direkt. Jag har bett dem om att skynda på för att kunna stänga utredningen men det var svaret som jag fick."

Gunnar nickade till svars.

"Okej" fortsatte Veronica. "Gräv i hennes förflutna." Hon såg med en fingervisning på honom. "Du har endast till dess att labbresultatet kommit och..." Hon pekade åter mot honom medan han reste sig ur stolen. "... och du rapporterar endast till mig." Hon skakade på huvudet. "Om ledningen får reda på att vi snokar runt i en semestrande arkitekts liv istället för att lösa de brott som faktiskt begåtts så skulle de hänga oss båda."

"Jag ska vara diskret" svarade Gunnar och gick mot dörren. "Men först ska jag ligga på pass."

~ NIO ~

DOFTEN AV kryddstark kycklinggryta mötte Nora Bäcks snörvliga näsa då hon och Basse åter klev in i stugans hall efter middagspromenaden.

"Vad gott det luktar" sa hon då hon närmade sig köksdelen. "Vad blir det för gott?"

"Kom och se efter" svarade Milo och lyfte på locket som vilade ovanpå den kokande grytan. "Vill du smaka av?"

Hon nickade och han gav henne en sked. Rosmarinkryddan gav den heta grytan en alldeles perfekt ton till den starka chilin, de röda paprikabitarna och championjonerna.

"Jag hade nästan glömt hur bra du är i köket" sa hon som ett godkännande. "Ska vi ha vin till?"

Han nickade och rörde om grytan medan hon tog en flaska från stället och fiskade upp en korköppnare ur en av lådorna i köksön.

Hon hällde upp ett varsitt glas av den röda vätskan och såg sedan på den vältränade Milo - de spända musklerna i den tajta tröjan, den bakåtslickade mörka luggen och det löjliga förklädet som han knutit runt sig. Hon log och räckte honom sedan glaset.

"Tack. Till bords" sa han.

"Är det färdigt?"

"Jag hoppas det."

Likt den gentleman Milo var så drog han ut stolen åt Nora vid bordet där han redan dukat fram porslinet. Nora log medan hon lät honom skjuta in stolen under henne då hon slog sig ned.

Det var sådan han var, det visste hon. Han var en gentleman av naturen och hon visste att inga baktankar med middagen vilade bakom hans vänliga behandling. Milo var genuint snäll.

"Varsågod" sa han medan han ställde den heta grytan och en skål med ris på grytlapparna på mitten av bordet. "Hoppas det ska smaka."

"Gud vad gott detta var" sa hon efter en stund då halva portionen slunkit ner.

Hon hade inte ätit under dagen och nu när maten serverats framför henne så förstod hon hur hungrig hon egentligen varit.

"Ibland förvånar jag mig själv" log Milo som redan hunnit sluka den första portionen och nu var i färd med att lasta talriken full med en andra omgång.

Nora nöjde sig med en portion. En halvtimme senare var hon i fortsatt matkoma medan hon la sig utsträckt i soffans divan. Milo sträckte henne det nypåfyllda glaset innan han satte sig ned.

"Tack" sa hon. "Och tack för maten - det var verkligen utsökt."

"Det var så lite så" log han. "Du får stå för frukosten imorgon."

Hon log. "Visst - det borde jag klara av."

Minuterna passerade förbi medan de båda smuttade på vinglasen och såg på de sprakande lågorna i kaminen. Utanför hade mörkret fallit och regnet slog återigen mot fönsterrutorna. Nora såg på Milo och ändrade sedan sin ställning så att hon lutandes med ryggen mot armstödet låg med benen över hans lår.

"Minns du att det var såhär vi träffades första gången?" frågade hon.

Milo nickade och log. "Jag minns."

"Ja herregud" fortsatte hon och mindes tillbaka. "Den festen var bland de tråkigare jag upplevt."

Han nickade instämmande och tog en klunk av vinet.

"En efter en lämnade och tillslut var där bara du och jag kvar. Jag var lite osäker på dig men du var så snäll och man kunde se godheten i dina ögon." Hon mötte hans varma blick. "Och Marcus som fann oss sovande i soffan på morgonen."

Milo skrattade.

"Det var precis så här" fortsatte hon. "Jag liggandes och du sittandes - hur man nu kan somna i den ställningen?"

"Efter tillräckligt många dåliga groggar klarar man det mesta."

De log mot varandra.

"Jag har saknat dig, Milo" sa hon. "Jag är så ledsen för hur jag behandlat dig men jag hade inget val."

"Jag har saknat dig med" svarade han. "Men du har ingenting att be om ursäkt för." Han log mot henne. "Jag förstår."

"Det är bara det att jag verkligen saknar Marcus." Hon skakade på huvudet. "Hela tiden - men det rättfärdigar inte hur jag stängde dig ute." Hon skakade på huvudet. "När vi behövde varandra som mest så svek jag."

Han lade handen på hennes smalben och gav en öm smekning.

"Och så åkte jag hit i hopp om att finna mig själv, hitta tillbaka till en vardag. Bearbeta och acceptera - få en mening med mitt eget liv och en framtid." Hon suckade. "Och nu känner jag mig bara än mer vilsen."

Milo förstod. "Jag saknar Marcus jag med" sa han och såg ned i glaset. "Han var min bästa vän."

En tår rullade sakta nedför Noras kind.

"Men jag dömer inte dig, Nora" fortsatte Milo och såg på henne med de vänliga ögonen. "I sorg så gör man det som man anser är bäst för en själv." Han ryckte på axlarna. "Kanske är valen ibland inte de bästa men det var de val du behövde göra vid det tillfället."

"Du är alldeles för snäll" viskade hon och torkade bort tårarna. "Jag är inte värd det."

"Nora - det är du" tröstade han henne. "Och tänk inte mer på den saken. Vi kommer att ta oss igenom detta och jag är glad över att du valde att ringa mig."

Nora tystnade och försjönk in i tankarna. Hon hade inte ägnat den döde mannen vid strandkanten någon tanke på en stund. Det var för mycket att ta in - först

Marcus och nu en spårlöst försvunnen man som hon med största säkerhet sett dö i sina egna armar.

"Jag är glad över att jag ringde dig" svarade hon efter en stund. "Men nu börjar jag bli trött."

Han nickade och log. "Ska vi sova?"

Det ville Nora. Utsliten efter en natt med dålig sömn och en dag med springande poliser och tekniker. Även om avspärrningarna nu var hävda och polisen lämnat platsen så hade ännu inte lugnet infunnit sig. Det arbete hon tänk utföra hade hamnat i skymundan - men det skulle hon ta tag i under morgondagen om ork och motivation inföll.

"Om du klarar av att skeda med mig utan några baktankar eller skumma blickar imorgon så får du gärna sova i sängen."

Han log.

"Den är bekvämare än soffan" fortsatte hon och torkade trött sina kliande ögon.

"Det ska jag nog klara av."

FRAMÅT SENTIMMARNA slog Nora Bäck upp sina ögon och stirrade ut i mörkret som omgav sovalkoven. Basse stod nere vid dörren och morrade.

"Vad är det, pojken?"

Även Milo vred på sig i sängen och reste sig till sittande läge. De satt båda tysta och lyssnade efter ljudet som fått Basse att rusa ur sängen och ner till stugans dörr.

"Är det jägarna igen?" frågade Milo.

Nora ryckte på axlarna. "Jag hörde inget skott."

Minuten senare var Basse tillbaka i sängen men fortsatte med sitt dova morrande nere vid fotänden.

"Så ja" lugnade Nora honom och lade sig återigen på kudden.

Morrandet upphörde och de tre stängde åter sina sömniga ögon just som ett svagt sken från en bil lyste upp väggen för att sedan försvinna.

~ TIO ~

DOFTEN AV nybryggt kaffe mötte Nora Bäck medan hon sakta öppnade sina ögon. Solen sken in genom springan i takfönstrets gardiner. Trött sträckte hon armarna i luften medan en djup gäspning lämnade hennes strupe.

Hon kunde höra Milo som stökade i köket. Basse låg fortfarande nere vid fotänden och morgontrött som han var drog han sina små snarkningar utan att bry sig det minsta om Milos stökande.

Hon sträckte sig efter armbandsuret och insåg att klockan redan närmade sig halv nio. En rejäl sovmorgon, tänkte hon medan hon satte fötterna mot det kalla parkettgolvet. Dock inte för Milo som var precis så morgonpigg som hon ville minnas.

Basse såg upp på henne medan hon drog morgonrocken om sig men valde att åter sänka huvudet och somna om.

"Du är då världens lataste hund" log hon och gav honom en klapp innan hon steg nedför trappan till undervåningen.

Milo tog hand om den stora högen med disk som de lämnat från gårdagskvällen. Med händerna nedsänkta i diskhon kämpade han med de intorkade resterna från grytan i den stora kastrullen.

Nora studerade honom en stund. De muskulösa armarna som spändes medan han mödosamt lät stålullen rengöra kastrullen. Iklädd ett svart linne och med det krulliga svarta håret uppsatt i en slarvig tofs.

"God morgon" log han då hans blick fångade henne. "Sovit gott?"

Hon nickade och gick fram till bryggaren med det efterlängtade kaffet. "Hur har du sovit?"

"Som ett barn" svarade han. "Förutom Basses utbrott."

"Ja." Hon såg upp mot sovalkoven innan hon fyllde upp koppen. "Undrar just vad det tog åt honom?" Hon slog sig ned i en av barstolarna vid köksön. "Jag kunde inte höra något särskilt - kunde du?"

Han skakade på huvudet medan han ställde kastrullen i diskstället och sköljde händerna under kranen.

"Väldigt konstigt."

"Kan det ha varit något djur på tomten?" funderade han medan han fyllde på sin kopp och drog ut stolen för att sätta sig.

Nora ryckte på axlarna. Det var mycket möjligt. Några skott hade hon i alla fall inte hört under natten - tillskillnad från tidigare nätter då skotten ekat tätt över sjön.

"Här är gott om djur så inte helt osannolikt" svarade hon och smakade av kaffet.

På köksön hade Milo dukat fram smör, ost och toastat bröd. Nora sträckte sig efter en skiva, bredde på smöret och skar två ostskivor.

"Når du sylten?" frågade hon.

"Sylten?"

Hon nickade. "I skåpet ovanför kylen."

Han plockade ner syltburken, öppnade den och ställde den framför henne på köksön innan han gav henne ett leende.

"Tack. Jag måste arbeta lite idag" sa hon medan hon bredde sylten över ostskivorna. "Jag måste verkligen ha mer att visa upp för min chef innan veckan är slut."

"Jag förstår." Han log på nytt. "Jag kan behöva arbeta lite jag med."

"Har du arbetet med dig?"

Han nickade. "Min handdator ligger i väskan."

"Då förstår jag."

"Jag kan ta en promenad med Basse" log han på nytt. "Sedan behöver jag ha en videokonferens med mina anställda - måste ju se så att råttorna inte enbart dansar på bordet när katten är borta."

Nora skrattade tyst medan Milo gick till sin väska och plockade fram en långärmad tröja. Medan han tog på sig kängorna lockade han på Basse som till en början inte visade på någon större entusiasm.

"Ska vi gå ut?"

Ingenting.

"Basse - ska vi gå ut, pojken?"

Tillslut hördes dunsen i sovalkovens golv, sedan tassarna som studsade nedför trappan. Svansen viftandes medan han väntade på att Milo skulle öppna upp dörren.

"Vi ses om en stund då."

Nora nickade. "Tack."

Milo log och öppnade dörren varpå Basse rusade ut i den kyliga morgonen. Strax efter stängdes dörren och stugan var återigen så tyst och stilla som den varit under Noras första dygn.

Hon svalde ned det sista av smörgåsen, plockade in matvarorna och sköljde av disken innan hon fyllde upp koppen med en påtår ur kaffet och stegade mot arbetsprojektet som fortsatt väntade på soffbordet.

Försök att koncentrera dig nu, tänkte hon och ställde ned koppen intill skisserna över det jättelika herrgårdshuset. Hon såg en stund på skisserna men tankarna for snart iväg till den föregående kvällen.

Hon log för sig själv. Milo var en så underbar person - så mån om hennes välbefinnande. Så förstående och snäll. Hon kunde inte låta bli att undra om inte Milo bara väntat ut henne och det samtal som hon tillslut ringt? Låtit henne få sin tid? Kanske visste han att det samtalet en dag skulle komma?

Det var i sådant fall väldigt tålmodigt av honom, tänkte hon och sträckte sig efter koppen. Solen speglade sig i skärmen medan hon startade upp sin laptop. Nattens lätta regn hade så småningom övergått till en mycket vacker morgon där sjöns blanka yta omgavs av en naturskön atmosfär.

NERE VID sjöns strandkant njöt Milo av den soliga morgonen. Trots de små kyliga vindarna så värmde solen var gång som vinden tillät sig att vila.

Basse plaskade i vattnet medan han försökte infånga de pinnar som Milo kastat åt honom. Kanske var det vattnet som var för kyligt eller så var det ett genidrag att vänta med tassarna i dyningarna medan vinden drev in pinnarna till kanten. När han väl nådde dem såg han stolt på Milo och viftade på svansen.

"Jaså du" sa Milo och skrattade. "Du tror du är smart va?"

Han bröt en ny pinne och kastade den med all sin kraft ut mot den blanka ytan. Basse följde noga pinnens färd genom luften och såg med fundersam blick på hur den sedan guppade på ytan flertalet meter ut i vattnet. Sedan vände han en mer frustrerad blick mot Milo då han insåg att vinden förde pinnen med en mycket långsam hastighet in mot stranden.

"Du får väl hämta den" uppmuntrade Milo honom. "Den kommer att ta evigheter att nå stranden."

Basse blickade åter ut mot pinnen och gav ett stilla skall och vankade sedan av och an längst dyningarna med vad som kunde uppfattas som beslutsångest.

Milo log och slöt sina ögon medan han vände ansiktet mot den strålande solen. Minuterna passerade förbi medan han funderade på Noras samtal - varför hon valt att höra av sig? Han var glad att hon hade det men samtidigt kände han av stelheten dem emellan. Att ha gått från blomstrande kärlekspar till ingenting. Från dagliga samtal och möten till tystnad och den totala kalla handen. Kanske kunde de reda ut det? Kanske kunde de nu hitta tillbaka?

Men var det tid hon behövde så var det tid hon skulle få, tänkte han och öppnade ögonen. Han var bara glad över att finnas i hennes närhet igen. Och det som krävdes var att en man miste livet.

"Kom" sa han till Basse som fortsatt väntade tålmodigt på den guppande pinnen. "Du får hämta den senare."

Motvilligt följde Basse med tillbaka mot stugan. Stunden senare hade han glömt allt om pinnen och tog försprång mot stugan.

Framme vid stugans veranda stannade Milo till och såg med fundersam blick på de fotspår som han uppenbart missat tidigare. Leriga spår som ledde uppför verandatrappen. Han besteg trappen och såg hur spåren - något svagare men ändock tydliga - ledde fram till ett av fönstren. Sedan några svaga spår som ledde tillbaka till trappan och när han blickade ned såg han ett djupt spår i den upptorkade leran nedanför trappan.

Vad nu? tänkte han och blickade ut över området. Var det någon som spionerade på dem? Eller var det Nora eller Polisen som lämnat spåren? Han var tvungen att fråga Nora om dem, tänkte han och såg på Basse.

"Var det därför du morrade inatt?"

DEL 2

UNDER BEVAKNING

~ ELVA ~

NEJ, NORA Bäck kunde inte heller förklara de leriga fotspåren på stugans veranda. Hon skakade på huvudet och såg på Milo.

"De var inte här under gårdagen" sa hon. "Det är jag säker på att jag skulle ha noterat." Hon såg ut över sjön. "Och under gårdagen så torkade marken upp - spåret i leran och de som leder uppför verandan måste ha uppstått i natt då regnet åter föll."

Milo nickade.

"Tror du det var därför som Basse morrade i natt?"

Milo ryckte på axlarna.

"Det skulle förklara det" fortsatte hon ängsligt. "Vi hörde som sagt inga skott från jägare och om det inte var några djur på tomten så..." Hon såg åter på spåren. "Det är definitivt inget djur som gjort dessa."

"Möjligen ett perverst monster" svarade Milo och såg på henne. "Jag tycker du ska ringa Kommissarie Berg."

Nora nickade och blickade ut över sjön. Det är någonting mycket underligt som händer här. En försvunnen död man och nu oförklarliga spår vid stugans fönster. Varför händer det?

INSPEKTÖR GUNNAR Josefsson knackade på dörrkarmen till Kommissarie Veronica Bergs kontor.

"God morgon" sa han och steg in genom den öppna dörren.

Veronica nickade åt honom medan hon avslutade en rapport på datorn. Gunnar gjorde sig hemmastadd och slog sig ned i besöksstolen. Som alltid vid denna tidpunkt på året var han klädd i sina jaktkläder - den symboliska västen. Men inte den vanliga bruna, utan en med en mer grön nyans.

"Ny väst?" frågade hon utan att för den delen lämna datorn med blicken.

"Ja" harklade han sig. "Man måste förnya sig."

Hon log smått. Den tjurige gamla gubben kommer väl aldrig förnya sig, tänkte hon och skickade iväg rapporten innan hon vände sig mot honom. "Så - något nytt?"

Han nickade. "Jag och John kartlade Nora Bäcks liv igår."

"Okej - och?"

Han drog fingrarna genom den mustiga mustaschen och fortsatte sedan: "Det finns en del intressant läsning där om man säger så."

Din eländiga karl, tänkte Veronica då han åter tystnade. Få det ur dig då.

"Som?" frågade hon.

"För lite drygt ett år sedan somnade hennes bror in i sviterna av blodcancer."

Blodcancer? tänkte hon. Varför är det intressant?

"Då föräldrarna är döda sedan flera år tillbaka så var Nora den som tog hand om brodern den sista tiden" fortsatte Gunnar och sträckte på sig i stolen. "Hon var med honom då han slutligen somnade in."

"Vad är det intressanta i det?"

"Jo - efter broderns bortgång så blev Nora smått oförmögen att arbeta och att socialt fungera. Bland annat påstod hon inför vänner att brodern inte alls dött utan att han besökte henne på nätterna."

"Posttraumatisk stress?"

Gunnar nickade. "Mycket troligt. Man fick slutligen tvångsomhänderta henne för psykologisk vård under tre månaders tid."

"Vart vill du komma?"

Gunnar funderade en stund innan han svarade henne. "Det skulle kunna vara så att Nora fortfarande ser sin bror dö - precis så som hon sa till folk att hon gjorde under nätterna innan hon omhändertogs på grund av sin verklighetsuppfattning. Eller ja, avsaknad av verklighetsuppfattning."

"Så hon ska ha sett sin bror dö nere vid sjön och sedan - på grund av sin psykiska hälsa - inte kunnat avgöra om det var verkligt eller inte?" Hon såg fundersamt på honom. "Är det så jag ska uppfatta det du vill ha sagt med detta?"

Han ryckte på axlarna. "Med tanke på att där inte fanns en kropp nere vid sjön så är det ett full rimligt antagande."

Det var det förvisso, tänkte hon. Gunnar hade rätt i att det var intressant och att det var fullt rimligt. De hade trots allt ingen kropp.

"Men" sa hon. "Även om det du säger är av fullt rimliga proportioner så förklarar det inte det faktum att vi fann blod från en människa i gyttjan vid den plats som Nora pekade ut."

Gunnar höjde på ögonbrynen. "Å fan" sa han och korsade armarna. "Vet vi vems?"

"Dessvärre inte" svarade hon och skakade på huvudet. "Provresultatet kom imorse." Hon räckte över rättsmedicinskas rapport. "Men det är blod från en människa och det är inte Noras."

"Där rök teorin om en skadad hundtass" sa han medan han ögnade igenom pappret. "Och kanske inte heller teorin om hennes psykologiska bakgrund."

"Vi kanske inte ska avfärda den helt men nog är det ett mysterium" svarade hon. "Hennes psykologiska bakgrund kan förklara varför det inte finns någon kropp och skulle i så fall kunna avskrivas som falska påståenden." Hon suckade då han gav tillbaka labbrapporten. "Men det faktum att det finns främmande mänskligt blod på platsen antyder att någonting ändå kanske kan ha inträffat där under kvällen."

"Vet vi om Nora hade någon med sig till stugan?"

Veronica skakade på huvudet. "Enligt hennes utsago så anlände hon ensam i en taxi."

Gunnar satt tyst en stund. Veronica suckade och såg ut genom kontorsfönstret där den strålande solen tillfälligt gömt sig bakom några dystra moln.

"Ska jag kontakta taxifirman?" frågade Gunnar tillsist. "Om vi ska kunna avfärda denna händelse som falsk så behöver vi kanske avfärda Nora som potentiellt misstänkt först."

"Du tänker?"

"Om det nu fanns en annan människas blod vid platsen så kan hon kanske haft ett sällskap med sig i taxin."

"Så hon skulle ha haft ihjäl en människa för att sedan gömma kroppen, rusa in i stugan och ringa till oss?"

"Jag vet inte, Veronica?" Han ryckte på axlarna. "Med hennes bakgrund är kanske allt möjligt - jag säger inte att det är så men vi behöver kanske kunna avfärda och utesluta samtliga möjligheter?"

En knackning på dörrkarmen avbröt deras diskussion.

"Ursäkta, Veronica" sa en kvinnlig polisman. "Men du har samtal från en Nora Bäck. På linje två."

Veronica tackade, lyfte på luren och tryckte in tvåan medan Gunnar noggrant följde det följande samtalet. Minuterna senare lade hon på luren och skakade på huvudet.

"Vad var det om?"

Hon reste sig ur stolen och tog mödosamt på sig sin jacka medan gravidmagen gjorde sig påmind.

Gunnar undrade om hon verkligen skulle arbeta. Den magen ser nästan färdigbakad ut, tänkte han.

"Nora påstår att någon har bevakat henne och hennes sällskap under natten" svarade hon. "De ska ha upptäckt leriga fotspår vid ett fönster."

Gunnar skakade på huvudet. Denna cirkus blir allt mer besvärlig, tänkte han och reste sig.

"Du får följa med mig" sa hon. "Men be John att kolla med taxibolaget om Nora hade sällskap vid ankomsten."

Gunnar nickade och lämnade rummet.

~ TOLV ~

MILO FOTOGRAFERADE noggrant de mystiska fotspåren på verandan med sin mobiltelefon och gick sedan stegen ned för att fotografera spåret i den torkande leran. Nora Bäck låg i stugans soffa - inlindad i en filt och försökte slappna av. Orolig och nervös funderade hon på om det ändå inte var dags att packa ihop och bege sig av mot Stockholm igen.

Denna semester var inte vad hon föreställt sig. Det som skulle vara en avslappnad tid till återhämtning och reflektion hade snarare förvandlats till en hemsk tid av skräck och mer död. Hon suckade samtidigt som Milo öppnade ytterdörren.

"Kommissarien är här" sa han medan han omsorgsfullt klappade Basse som rusade fram till dem.

Nora reste sig upp i soffan och gick med trötta steg fram till hallen där Kommissarie Veronica Berg och Inspektör Gunnar Josefsson väntade henne.

"Hej Nora" sa Veronica. "Hur mår du?"

Nora nickade och log försiktigt. "Lite omtumlad om jag ska vara helt ärlig. Vill ni ha lite kaffe?"

De båda nickade till inviten.

"Jag kan ordna det" sa Milo och tog av sig kängorna innan han försvann mot köksön.

"Slå er ned" sa Nora och bjöd med dem till soffan. "Ni kan lämna skorna på om ni behagar."

"Jag sonderar terrängen" sa Gunnar och stegade ut ur stugan medan Veronica följde efter Nora in till soffan.

"Så" log hon när hon slagit sig ned i en fåtölj. "Berätta om er upptäckt."

Nora såg med trötta ögon på henne. "Det var Milo" inledde hon samtidigt som Milo gjorde dem sällskap i soffan. "Under morgonpromenaden med Basse."

"Precis" sa han. "Jag tog med mig Basse imorse." Han funderade kort. "Det måste ha varit runt nio tiden." Han såg på Nora.

"Ja" sa hon och nickade. "Klockan var halv nio då jag klev ur sängen så."

Veronica nickade och antecknade i sitt block.

"Jag kastade några pinnar till Basse och satt en stund nere vid sjön innan vi gick tillbaka." Han skakade på huvudet. "Jag förstår inte hur jag kunde missa det tidigare men när vi kom tillbaka så såg jag spåren på trappan upp till verandan och ytterligare ett i lervällingen nedanför."

"Och de är inte era?"

"Nej" fortsatte Milo. "Jag har jämfört dem med våra skor - varken storlek eller mönster stämmer." Han drog ett djupt andetag. "Ni kan se för er själva sen."

Veronica nickade och fortsatte att anteckna.

"Spåren fanns inte där igår" sa Nora. "Det skulle jag ha sett. Och igår hann marken torka upp och det började inte regna förrän sent i natt."

"Vi vaknade av att Basse morrade" sa Milo och såg på schäfern som kurat ihop sig intill dem i soffan. "Då regnade det, vill jag minnas."

"Vet ni vad han morrade åt?"

Nora skakade på huvudet. "Vi trodde att han hört ett avlägset skott eller något djur som korsade tomten." Hon ryckte på axlarna. "Men vi hörde ingenting."

Veronica satt tyst en stund och studerade dem båda. Det fanns ingen anledning till att de inte skulle tala sanning - frågan var bara varför någon skulle ha passerat förbi huset och valt att se in genom fönstret? Kanske var det en jägare som sett röken i skorstenen och kontrollerat stugan av någon anledning? Eller ägaren - men det var mindre troligt. Varför skulle personen göra så?

Gunnar öppnade dörren och fick en rejäl utskällning av Basse lagom till det att kaffet runnit färdigt i bryggaren. Milo reste sig och hämtade koppar och det nybryggda kaffet. Gunnar slog sig ned i fåtöljen intill Veronica, men förblev tyst.

Veronica tackade då Milo hällde upp det rykande kaffet i hennes kopp och såg sedan bekymmersamt på Gunnar. Hon drog ett djupt andetag och vred blicken mot Nora.

"Jo Nora" sa hon och sneglade på koppen med kaffe. "Du förstår, vi måste ställa några obekväma frågor."

Nora såg med vidöppen mun och fundersam blick på de båda och sedan ängsligt på Milo.

"Det gäller din bror."

Milo tog Noras hand, tryckte den hårt i sin och nickade med ett leende.

"Okej" sa Nora och vände blicken mot Veronica. "Vad är det för frågor?"

"Du var med honom dagen då han somnade in?"

Nora nickade och tryckte hårdare i Milos hand.

"Vi behöver fråga om det som hände efteråt - tvångsomhändertagandet." Veronica såg hur Nora kämpade mot tårarna. "Jag är ledsen, Nora, men i en sådan här situation så måste vi utreda allt."

Nora nickade förstående. Men inombords kokade ilskan. Hon förstod mycket väl var de ville komma med sina frågor - hur hon under en tid av sorg vägrat acceptera sin brors död.

"Ni tror att bara för att jag omhändertogs på grund av att jag inte tog till mig Marcus död så ser och återupplever jag det fortfarande?" frågade hon. "Är det vad ni tror hände nere vid sjön?"

"Vad tror du själv?" inflikade Gunnar och tog en klunk av kaffet.

"Jag vet vad jag såg" svarade Nora med arg stämma. "Detta är inget som jag hittat på."

Gunnar fortsatte oberört att smaka av kaffet. Nora fann honom som arrogant och oprofessionell - något som hon uppfattat honom som redan från första stund då han uppenbarade sig den där kvällen då hon larmat om den döde mannen.

"Vart vill ni komma med frågorna?" frågade Milo som tröttnat på deras frågor. "Är det något ni insinuerar så säg det istället rakt ut."

Nora log lätt och såg på Milo. Återigen fanns han där vid hennes sida, fast beslutsam om att skydda henne. Hon kunde se hur obekväma båda Veronica och Gunnar blev då han gav dem sin barska stämma.

"Vi menar inget illa med det" sa Veronica. "Vi måste bara ställa alla frågor i en sådan här utredning." Hon drack det sista ur koppen. "Hursomhelst så måste vi ge oss av nu."

De båda reste sig ur fåtöljerna, tackade för kaffet och gick mot hallen. Milo följde dem.

"Jo" sa Veronica. "Kan du skicka bilderna på fotspåren?" Hon lämnade sitt visitkort till honom. "Kanske kan verka oprofessionellt men jag hinner inte få ut en tekniker under dagen och risken är att spåren kontamineras om det regnar."

Milo nickade. "Jag sänder dig bilderna omgående."

”Du sa aldrig något om blodet” påpekade Gunnar medan de vandrade stegen bort mot Veronicas Volvo. ”Eller du kanske gjorde det när jag sonderade terrängen?”

Veronica skakade på huvudet. ”Nej - jag vill spara det trumfkortet.” Hon såg på honom. ”Det gäller att alltid ha ett ess i rockärmen. Ju mindre de vet ju mer kanske de har att berätta. Vi måste dock be om ett DNA-prov från Milo - om det nu inte finns i vår databas.”

"Ja så kan det vara - jag får kolla upp det" svarade Gunnar och såg upp mot det alltmer mulnande himlavalvet. "Ska det bli regn nu igen?"

"Kanske." Hon såg upp mot de svarta molnen. "Ska du ligga på pass i natt?"

Han skakade på huvudet medan han öppnade passagerardörren. "Jag låg på pass natten som var - natten som kommer tänker jag få mig en rejäl sömn."

Veronica log innan hon startade bilen och svängde ned på vägen som ledde dem bort från stugan.

~ TRETTON ~

MILO STOD återigen vid köksön och förberedde en sen lunch. Nora Bäck kunde känna doften av köttfärssås medan hon arbetade med Herrgårdsprojektet. Hon kände sig fortsatt upprörd efter att Kommissarie Berg och Inspektör Josefsson lämnat stugan. Hon kände sig utpekad och nästintill förlöjligad efter deras frågor om hennes mentala stabilitet och om hennes brors bortgång.

En man dog i hennes armar. Varför skulle hon hitta på något sådant? Hon visste vad hon hade sett. Och nu hade även Milo och Veronica med egna ögon sett spåren utanför stugan. Sett att något mystiskt händer runt denna plats.

Hon drog ett djupt andetag och lugnade tankarna något medan hon skissade färdigt på det som skulle komma att bli herrgårdens väldiga samlingsrum. I beskrivningen från hennes chef var det av stor vikt för

81

klienten att denne fick ett imponerande utrymme i bostaden för att bjuda in vänner och partners till fester. Nora skakade på huvudet. Det är fantastisk vad vissa människor har råd att unna sig, tänkte hon. Och så finns det de som svälter.

En stor eldstad för trädstammar placerade hon som rummets mittpunkt utmed den västra väggen. Fyra meter bred och med ett djup på två - nog skulle den räcka för att imponera på överklassen. Hon lade ifrån sig blocket, lutade sig tillbaka i soffan och såg mot Milo som ihärdigt arbetade bland kastrullerna.

”Maten är redo om du är?”

Milo såg på henne och log medan han ställde kastrullen med spagetti på bordet. Hon reste sig ur soffan, gav Basse en klapp och slog sig sedan ned vid bordet.

”Det ser jättegott ut.”

”Ingen gourmetmiddag” svarade han henne. ”Men jag lovar att du kommer att kunna äta dig mätt.”

Hon slevade upp spagetti på tallriken och dränkte den sedan i den krämiga köttfärssåsen. Kanske var hon hungrigare än hon anat? tänkte hon då den första tuggan slank nedför hennes strupe och hon kände hur magen kurrade efter mer. Hur tankarna skingrade sig - hur energin kom tillbaka och hur hon återigen log.

Milo visste verkligen hur han skulle få henne på humör.

”Har du haft din videokonferens?”

Han skakade på huvudet. ”Jag mejlade Tony tidigare och bad om att få en uppdatering.”

”Klarar de sig utan dig?”

Milo tuggade ur innan han svarade. ”Det gör de säkert men de behöver de inte tro.” Han log. ”Jag är Bossen och de behöver påminnas om det lite då och då.”

”Hur går det för dem då?”

”Det går nog bra. Det verkar som att budgivningen tagit fart nu på slutspurten.” Han pausade för att skölja ned med lite vatten. ”Affären kan nog slutas imorgon.”

”Så ni kommer att göra en vinst?”

”Definitivt.”

Nora log. Milo fick arbetet att låta så enkelt. Först köpa på sig lägenheter i behov av renovering, sedan utföra själva renoveringarna och så åter lägga ut dem på marknaden i hopp om ökat försäljningsvinst.

”Vi har ju köpt en bostadsförening nu” inflikade han. ”Det är den affären jag vill ha en uppdatering om.”

Nora lyssnade intresserat.

”Det var alldeles för mycket arbete att renovera samtliga lägenheter själva så vi inväntar offerter från hantverkare.”

”Spännande.”

Milo log och såg på henne. ”När ska vi dra igång vårat projekt då?”

Nora skrattade till. ”Det har jag inte ens tänkt på.”

”Fastigheten står där den står” fortsatte han. ”Allt som behövs nu är en arkitekt och inredare som ger den ett nytt liv.”

Hon log. Nog var det fortfarande ett lockande projekt. Och kanske hade det väntat länge nog?

KOMISSARIE VERONICA Berg tog några lugnande andetag. Precis så som sköterskan uppmanade henne. Liggandes på rygg på britsen med den väldiga magen som ett berg under den beigea filten. Hon slöt sina ögon och försökte bibehålla andningen medan sköterskan stack in nålen i hennes arm.

Snälla, tänkte hon. Låt det inte vara något fel.

Det var första gången som hon känt någon form av besvär under graviditeten. Det var förvisso fyra veckor kvar till den beräknade ankomsten av flickebarnet - kunde det handla om en för tidig födsel?

"Så" sa sköterskan och satte ett plåster över sticksåret. "Då har jag de prover jag behöver." Hon lade en tröstande hand på Veronicas panna. "Du ska se att det inte är någon fara." Sedan log hon och rullade iväg med provvagnen.

Tre missfall. Tre tidigare missfall.

Veronica öppnade åter ögonen och stirrade på det sterilt vita taket. Tidigare hade de inte överlevt så här länge. Hon hoppades verkligen på denna lilla kämpe som nu vilade i hennes mage. Denna gång var det bara tvunget att bli av - annars fanns där en risk att Veronica aldrig skulle komma att bli en skapare av mänskligt liv. Åldern talade för att det nu var den sista chansen och hoppet var det sista som lämnade henne.

Medan minuterna passerade förbi skiftade hon fokus från den besvärliga situationen till den än mer besvärliga situationen med Nora Bäcks utsago om den döde mannen. Där fanns ingen kropp men likväl blod från en människa. Men från vem?

Hon hade aldrig varit med om ett liknande fall under sina sexton år inom rättsväsendet - varav fem år var som mordutredare. Och dessvärre fanns i nuläget inget mord att utreda. De spenderade dyrbar tid på ett fall som varken kunde dementeras, än mindre bekräftas. Allt de hade att gå på var Noras utsago och det faktum att man funnit blod på platsen.

Mobiltelefonen vibrerade i handväskan och mödosamt lyckades hon fiska upp den.

"Berg."

"Det är Gunnar." Han harklade sig i sin ände av luren. "Hur mår du?"

"De har tagit lite prover - men du vet hur det är. En enda lång väntan."

"Jag förstår" fortsatte han. "Orkar du med lite information?"

"Visst" sa hon och lutade åter huvudet mot den lilla kudden på britsen. "Låt mig höra."

"Den taxichaufför som släppte av Nora vid stugan har bekräftat att hon var ensam - förutom hunden så fanns där ingen annan."

Det låg i linje med vad Veronica redan misstänkt. Nora Bäck påminde inte om någon kallblodig mördare och inte heller trodde hon på att Nora fått ett psykiskt sammanbrott under kvällen.

"Något annat?"

"En labbrapport gör gällande att blodet kommer från manligt DNA. Alltså kan det inte vara Noras blod som återfanns på platsen."

Även det kunde bevisa Noras berättelse.

"Men du, Veronica" sa Gunnar - nu med en annorlunda ton.

"Vad?"

"Lindén har bestämt att lägga ned utredningen tills vidare."

Veronica skakade på huvudet medan sköterskan åter knackade på dörren och tillsammans med den manlige läkaren klev de in i rummet.

"Det kunde man ge sig fan på" sa Veronica och såg på sällskapet i rummet. "Jag får ta hand om honom senare. Jag måste lägga på nu."

Allt hon kunde tänka på i nuläget var de provresultat som läkaren skulle dela med sig av.

~ FJORTON ~

SOLEN SJÖNK åter ned bakom trädtopparna och ännu en dag i den värmländska stugan var till ända. Eftermiddagssolens värme dröjde sig kvar och temperaturen var den högsta sedan Nora Bäck anlänt till stugan vid den vackra sjön.

Milo var den som föreslagit att de skulle vira in sig i filtar och dricka vin medan de såg på den vackra solnedgången. Det var vindstilla runt sjön och återigen låg dess yta så där vackert igen - just det som fått Nora att packa väskorna och boka en vecka i stillheten.

"Hur mår du?" frågade Milo och gav henne ett glas där hon satt i en gungstol på verandan och såg ut över sjön.

"Tack - jo, det är bättre nu." Hon log medan han fyllde glaset med rött Chardonnay. "De rev upp såren men jag är starkare i dag. Däremot kändes det som att de anklagade mig för falska uppgifter."

Milo slog sig ned i gungstolen intill och drog filten över benen.

"Som om jag skulle ha fått något psykbryt och inbillat mig det hela." Hon skakade på huvudet. "Tur var väl att de lyckades finna blod på platsen - vilket de visserligen inte sa någonting om i dag."

"Ja" sa Milo och fyllde sitt glas. "Jag tycker att de gick över gränsen i dag."

Hon drog en suck och fuktade sedan strupen med det röda vinet. Milo såg på henne med kärleksfull blick och log.

"Obehagligt" sa hon. "Tänk om någon om nätterna står och spionerar på oss?" Hon rös vid tanken. "Undrar just när personen var här? Stod denne och spionerade på oss under middagen? Eller när vi var i soffan?"

Milo ryckte på axlarna.

"Soffan står ju precis intill det fönstret" sa hon och blickade bort mot det. "Vilken pervers människa." Hon vred blicken mot Milo. "Tänk om inte du varit här - vilka hemskheter jag kunnat råka ut för."

"Tur att jag är här" svarade Milo. "Men tänk inte mer på det nu."

De satt tysta en stund och såg ut över sjön. Basse vilade nere på gräsytan. Nora blickade bort mot det hus som skymtades på den andra sidans strand.

"Det är i alla fall kvällssol på denna sida" sa Milo. "Du valde rätt - detta är den ljusare sidan av sjön."

Nora nickade men hennes tankar var vid huset på andra sidan. Det var något som hon nu drog sig till minnes.

"Vad är det?" frågade Milo då han såg hur Nora sjönk djupare in i sina egna tankar.

"Huset" svarade Nora och nickade mot sjön utan att släppa blicken från stugan på andra sidan.

Milo blickade bort mot den avlägsna stugan och höjde på ögonbrynen. "Vad är det med det?"

"Det ryker inte."

"Ryker?" Milo förstod inte.

"Den första natten så rykte det ur skorstenen" svarade hon. "Men inte den andra natten - då mannen dök upp på stranden." Hon såg på Milo. "Och inte heller sedan dess."

Milo blickade åter mot stugan och funderade.

"Jag hörde skotten och de lät som att de kom från den andra sidan sjön" fortsatte Nora. "Och sedan tog den kanske femton till tjugo minuter innan Basse fick sitt utbrott och sprang iväg."

"Du tänker att mannen som bor i det där huset är mannen som du fann vid strandkanten?"

"Det är möjligt" svarade hon och ryckte på axlarna. "Han kan ha skjutits på andra sidan och sedan simmat över sjön." Hon smakade ännu en klunk av vinet. "Och därav har ingen rök setts till."

Milo funderade. Det var absolut ett rimligt antagande. Men hur lång tid tog det att simma över sjön? Sida till sida - klarade man det på femton minuter? Och dessutom med en eller flera skottskador?

"Vad funderar du på?"

"Jag..." svarade Milo då hon avbröt hans tankar. "Jag undrar om man klarar av att simma över sjön med skottskador i kroppen?"

"Jag vet inte - men när det gäller överlevnad så kickar adrenalinet igång" sa hon. "Man klarar saker som egentligen borde vara omöjliga."

Milo såg på den lilla eka som låg upp och ned på stranden. Kanske kunde de använda den? Kommissarie Berg och Inspektör Josefsson verkade inte ta fallet på ett alltför stort allvar - varför kunde de inte själva kontrollera möjliga teorier?

"Vet du om ekan är i bra skick?"

Ekan? tänkte Nora och såg på den uppochnedvända båten.

"Sa de något om den då du hyrde stugan?"

Hon skakade på huvudet. "Vad tänker du?"

"Imorgon skulle vi kunna utreda saken själva" log han. "Förutsatt att ekan är i brukbart skick."

"Låter spännande" log hon och kände hur en äventyrskänsla sköljde över henne. "Men om någon faktiskt befinner sig i stugan?"

"Då berättar vi helt enkelt att vi hyr denna stuga och att vi bestämde oss för en tur på sjön."

"Låter som en plan där, Sherlock" sa hon och höjde sitt glas.

Han skrattade kort och uppskattade att ha den gamla glada Nora tillbaka. Glasen klingade ut över sjön då de skålade - varpå Basse lyfte sitt trötta huvud och studerade dem en stund innan han åter lade det på gräset.

KOMMISSARIE VERONICA Berg låste upp dörren till sin lägenhet i centrala Karlstad. Släpandes på en kasse med inhandlade matvaror tog hon sig in i hallen och pustade ut. Trött efter dagens rabalder med läkarbesök och oro.

Som tur var hade läkaren försäkrat henne om att allt var så bra som det kunde vara - både med henne och den ofödde lilla flickan. Samtliga prover såg bra ut och troligen berodde besvären på stress.

Kanske var det dags att dra sig tillbaka? tänkte hon och sparkade av sig gympaskorna. Men kunde hon verkligen ta ledigt redan nu? Visst skulle inte hennes chefer ha någon emot det - men kunde hon själv tillåta sig att lämna ett så spännande fall?

Nora Bäck hade verkligen gett hela avdelningen något att tala om. Tänk om det var så att allt handlade om hennes psykologiska hälsa? Att de spenderat timtal på att muddra en sjö och än fler timmar och resurser på att utreda om där verkligen funnits en död kropp av en nu försvunnen man? Då skulle det verkligen ta hus i helvetet, tänkte hon och klev in i köket.

Men nu hade Åklagare Lindén valt att lägga ned fallet tillsvidare. Som Förundersökningsledare hade han förstås den möjligheten och det beslutsfattandet - men Veronica var inte av samma åsikt. Hon såg gärna att de fått lite mer tid för att utreda det.

Det var visserligen inte nedlagt som i avslutat, tänkte hon medan hon stoppade in matvarorna i kylskåpet. Om nya bevis inkom kunde fallet återupptas. Frågan var snarare om det skulle ske innan hon hann gå på sin ledighet?

Efter att ha duschat lade hon sig i den bekväma sängen och ägnade några minuter åt det mystiska fallet. Det var någonting som inte stämde. Någonting som hon inte riktigt kunde sätta fingret på men något sa henne att det var av stor vikt att hon kunde reda ut det. Hennes magkänsla hade inte svikit henne tidigare - den skulle visa sig ha rätt även denna gång.

~ FEMTON ~

NORA BÄCK öppnade ögonen och sträckte armarna i luften. Ljuset sken in genom fönstren men hon kunde höra hur regnet smattrade mot fönsterbläcket. Även Milos snarkningar störde tystnaden.

Det måste vara tidigt, tänkte hon. Om Milo fortfarande sov. Hon vände på huvudet och studerade den snarkande zombien intill sig. Mannen som alltid var en sådan morgonmänniska - hade han om möjligt fått i sig en lite för stor mängd vin kvällen innan? Hon sträckte sig efter armbandsuret. Kvart över åtta.

Kanske var det hennes tur att ordna frukost? Hon drog försiktigt undan täcket och satte fötterna mot det svala golvet. Basse såg upp från sin plats nere vid fotänden. Några snabba viftningar med svansen innan han som alltid valde att somna om.

Så lat, log hon och klappade honom längst ryggen innan hon begav sig nedför trappan. Väl nere i köket lät hon mobiltelefonen spela musik på låg nivå. Tonerna från Rockabilly blandades med kaffebryggande och skramlande med osthyvlar och tallrikar.

Hon kände sig på ett stålande humör. Bättre än på länge och kanske berodde det på Milos förslag om att själva utreda stugan på den andra sidan sjön - hon kunde verkligen behöva tänka på annat än det som hänt under det senaste året. Eller så berodde det på att hon återfått kontakten med Milo? Kanske kunde de ta igen allt det som de missat och vem visste - kanske kunde de finna en väg tillbaka till varandra?

"Du verkar vara på gott humör?"

Milos röst avbröt hennes tankar och fick henne att rycka till.

"Gud vad du skräms" sa hon och lade handen över det bultande bröstet. "Jag trodde du sov."

Han gäspade och slog sig ned på en av barstolarna vid köksön.

"Kaffet är snart klart" sa hon och tog kopparna ur skåpet. "Har du sovit gott?"

"Ja" nickade han. "Och inga ovanliga ljud inatt."

Nej, tänkte Nora. Inatt var vi nog inte under bevakning. Då hade nog Basse varnat oss.

"Hoppas att ekan är i brukbart skick" sa hon med spänning i tonen medan hon hällde upp kaffe i kopparna och sträckte honom den ena.

"Tack. Ja, det hoppas jag med." Han dolde en gäspning bakom handen. "Synd att det regnar." Han såg mot fönstret och ut på det duggregn som förvandlade omgivningen till lera. "Men med lite tur så avtar det."

"Lite regn har ingen dött av" log Nora och höjde musiken ett snäpp. "Men det behöver kanske inte ösa ner."

Väldigt glatt humör idag, tänkte Milo och smakade av det efterlängtade kaffet. Lite frukost skulle smaka gott. Sen skulle han kontrollera den gamla ekan - se om de kunde ta sig över sjön.

"En toast?" frågade hon när brödrosten spottade ur sig de gyllenbrända brödskivorna.

"Tack" sa han och log.

DEN GAMLA ekan dunsade i marken då de med stor möda lyckades vända den. Milo hade spenderat en hel timme åt att inspektera den innan den godkändes som färdmedel över sjön. Under ett ögonblick hade han övervägt alternativet att istället runda sjön med hjälp av de många stigar som fanns - men beslutat att det skulle ta alldeles för lång tid.

Troligen hade motorcykeln varit det snabbaste alternativet men det skulle vara svårare att förklara om det skulle visa sig att någon faktiskt befann sig i stugan.

"Detta blir ett roligare äventyr" sa Nora med entusiasm i rösten. "Om du nu orkar ro så långt?"

Han gav henne en ironisk grimas medan hon skrattade retsamt.

Regnet duggade fortsatt medan de släpade ekan i lervällingen ned mot sjön. Iklädda höstjackor och kängor kämpade de sig nedför stranden och fick slutligen ekan sjösatt. Nora besteg den och slog sig ned i fören medan Milo lyfte den motvillige Basse i båten innan han själv hoppade i. Han placerade årorna i sina höljen och påbörjade färden över sjön. De mörka tajta jeansen blev allt blötare av duggregnet medan han kämpade med att få in tempot och finessen med årorna.

"Om en man kan simma på femton minuter så borde det inte ta oss så lång stund att ro över" sa han.

Nora log där hon satt tillsammans med Basse i fören. Milo var verkligen guld värd och det var med en skräckblandad förtjusning som hon blickade bort mot stugan som låg i deras färdriktning. Regnet avtog i takt med att de korsade sjön och lagom till att de närmade sig dess strand hade solen till och med brutit igenom de mörka molnen.

Den gamla ekan slog i botten någon meter ifrån land.

"Jag kommer bli blöt" gnällde Nora medan hon klättrade ur båten och lät fötterna försvinna ned i det kalla vattnet.

Milo följde efter och tillsammans vadade de in med ekan till dess att de nådde torra land. De drog upp den så pass att de kände sig säkra på att den inte kunde driva iväg och såg sedan mot stugan.

"Om någon nu är hemma så kommer de ställa sig väldigt skeptisk till vår ursäkt" sa hon och såg ned på de blöta jeansen.

Milo nickade instämmande.

Med droppande hår och genomblöta kläder begav de sig upp mot stugan. En bit upp på tomten kunde de se en svart pickup parkerad. Kanske var där någon hemma ändå? Kanske skulle deras teori visa sig vara enbart en teori?

Basse nosade runt på det blöta gräset med försynta viftningar på den låga svansföringen. Nora såg ängsligt på Milo. Nya scenarion hade satt igång hennes tankeverksamhet - entusiasmen om ett roligt äventyr var som bortblåst när verkligheten nu uppenbarade sig. Tänk om det var mördaren som bodde i stugan? Tänk om de fick syn på liket och sedan var tvungna att fly över sjön medan mördaren sköt sinneslöst mot dem?

"Milo" viskade hon och pekade mot pickupen.

Han nickade åt henne men smög sig ändå närmare stugan medan hon höll sig på avstånd. Hon såg ned mot Basse som fortsatt nosade runt på det blöta gräset. Hur skulle hon kvickt få ned honom i ekan om någonting inträffade?

"Det verkar inte vara någon hemma" sa Milo med låg röst medan han såg in genom ett av stugans fönster. "Jag knackar på."

"Nej, Milo" sa Nora med högre röst. "Milo."

Men Milo var redan i färd med att bestiga trappan upp till stugans dörr. Nora såg ängsligt runt sig och sedan upp mot Milo som nu knackade på den murkna entrédörren.

Minuten passerade förbi men ingen hörsammade hans knackningar. Kanske var där ingen hemma? Nora höll andan och såg vädjande på Milo.

"Vi ror hem" sa hon.

Milo nickade och steg nedför trappan då de hörde hur Basses mörka skall eka ut över sjön. Nora vände blicken mot den plats där Basse tidigare nosat runt men nu hade han försvunnit ned mot sjön.

"Basse" ropade hon och satte fart. "Milo, kom, skynda."

Snälla, skada inte min hund, tänkte Nora medan de sprang över den vattniga gräsmattan åt det håll som Basses ihärdiga skall kom från.

Bakom ett buskage fann de honom. Under en stor björk som hängde ut över sjöns strandkant stod han markerandes intill en sliten brygga. Nora drog en lättnades suck och kallade honom till sig. Motvilligt kom han till henne.

"Du gör mig orolig" sa hon, gick ned på huk och kramade om hans fuktiga päls. "Spring inte iväg sådär - det vet du."

"Se här" sa plötsligt Milo.

Nora reste sig och tog några steg ned mot bryggan. Hon såg på den bergsklippa som Milo pekade på och sedan på Milo. "Tror du?"

Han nickade. "Det var därför som Basse skällde som han gjorde."

Nora såg sig omkring och sedan på Milo - nu var de kanske i större fara än de kunnat ana.

~ SEXTON ~

DEN MOBILA täckningen var inte den bästa runt sjön. Men Nora Bäck hoppades att de tre staplar hon hade på mottagningen skulle räcka för att larma till Kommissarie Veronica Berg. Hon hade hittat en plats där mottagningen var högre och signalerna ljöd i luren.

"Hallå?" Det sprakade i andra änden. "Veronica?" Nora klev några steg åt sidan, såg ned på telefonen och förde den sedan till örat igen. "Hallå?"

"Hallå?" svarade Veronica.

"Hej, Veronica - det är Nora Bäck."

"Hej."

"Vi har funnit nya spår" fortsatte Nora. "Vi tror att det är blod."

"På samma plats?"

"Nej" svarade Nora och blickade ned mot buskaget som dolde klippavsatsen intill vattnet. "Det är vid stugan på andra sidan sjön."

"Andra sidan?"

"Ja - här finns en pickup men ingen verkar befinna sig i huset. Nere vid sjön markerade Basse och när vi tittade närmare så såg vi vad som verkar vara blod på en stenig avsats intill vattnet."

"Okej - är ni säkra där?"

Nora såg sig omkring. "Jag tror det. Som sagt, stugan verkar övergiven."

"Vi skyndar oss."

Nora avslutade samtalet och stegade ned mot Basse och Milo som stod och väntade nere vid ekan. Regnet hade upphört och solen bröt försiktigt igenom de mörka molnen. Hon såg bort mot sin hyrda stuga på andra sidan och såg hur små strimmor av sol reflekterade i dess fönster medan det alltjämt var skugga runt om denna del av sjön.

"Du har rätt" sa hon till Milo då hon nådde dem. "Detta är verkligen den mörkare sidan av sjön."

TIMMEN SENARE vimlade det av poliser på platsen. Kriminaltekniker i vita dräkter stod på huk intill den steniga avsatsen och avspärrningarna runt platsen var omfattande.

Kommissarie Veronica Berg hälsade på Inspektör Gunnar Josefsson då denne anlände till platsen. Besvärat tog hon sig uppför sluttningen mellan sjön och stugan - stannade till och höll handen ovanpå den väldiga magen medan hon tog igen sig med några ansträngda andetag.

"Vad har vi?" frågade Gunnar och ställde sig intill den pustande Kommissarien.

"Jo..." sa hon och svalde hårt. "Nora och Milo har funnit blod på en klippavsats intill sjön." Hon pekade mot det buskage nere vid sjön som dolde klippavsatsen med den slitna bryggan.

Gunnar lät blicken svepa över buskaget.

"Vi har spärrat av och teknikerna har samlat in bevisning som skall skickas till Nationellt Forensiskt Centrum" fortsatte Veronica.

"Tror du det är en match med det blod som hittats på andra sidan?"

Veronica rykte på axlarna. "Det är för tidigt för att sia om men det är såklart misstänkt då blod återfinns på två olika ställen intill sjön."

Gunnar nickade och såg upp mot stugan. "Han ni förhört Dan?"

"Dan?"

"Dan Molin" sa han och nickade mot stugan. "Det är han som bor här."

"Känner du honom?"

"Javisst - han ingår i ett av våra jaktlag."

Veronica snörvlade och tog upp en näsduk ur jackfickan. Det var inte bra för henne att bli förkyld i nuläget. Hon ville inte utsätta det lilla miraklet i magen för någon form av risk. Hon snöt sig, stoppade ned näsduken och drog upp jackans dragkedja än mer.

"Vad sa Dan?" frågade Gunnar på nytt.

"Ingenting" svarade Veronica och skakade på huvudet. "Vi har inte hittat honom." Hon såg på

Gunnar. "Vilket är anmärkningsvärt då hans bil finns hemma."

"Han kanske ligger på pass?" sa Gunnar. "Eller är ute med fyrhjulingen? Jag har för mig att han har en sådan."

"Det har han. Men även den finns i förvar." Hon pekade i riktning mot garaget. "Den står där inne."

"Jaha." Gunnar suckade. "Jag skulle nog ändå sätta en hundring på att blodet kommer från ett rådjur eller liknande - jag ger mig tusan på att Dan har styckat ett byte nere vid sjön."

"Ja - vi kan alltid hoppas." Hon såg ned på buskaget och sedan mot Nora och Milo som väntade nere vid ekan. "Vi har efterlyst honom nationellt."

NORA BÄCK och Milo klev ur polisbilen utanför stugan. Efter sin redogörelse för Kommissarie Veronica Berg hade de erbjudits skjuts tillbaka. Ekan kunde de inhämta vid en annan tid då det återigen hade börjat duggregna runt sjön.

De tackade polismännen och klev ur bilen. Ena polismannen öppnade baggageluckan och släppte ut Basse - som vänligt slickade hans hand som tack.

"Vilken dag" sa Nora medan de vandrade uppför trappan till verandan.

"Ja verkligen" instämde Milo och blickade bort över sjön där polisinsatsen fortsatte utan förminskad styrka medan mörkret lade sig över området.

Inne i stugan tände Milo en brasa i kaminen medan Nora bytte om till torra kläder. I sovalkoven klev hon ur de fuktiga jeansen, drog på sig träningsbyxorna, knäppte upp BHn och trädde en urtvättad t-shirt över huvudet innan hon stegade ned till undervåningen.

Den trötte Basse låg utslagen framför eldstaden där de brinnande vedträna sakta började värma upp stugan. Hon log medan hon passerade honom och gick fram till köksön där Milo bredde dem varsin smörgås medan vattenkokaren hettade upp tevatten.

Hon slog sig ned på en av barstolarna, blickade i all hast ut genom fönstret och bort mot de ficklampor som fortsatt sökte efter svar på den andra sidan sjön innan hon åter vände blicken mot Milo.

"Varsågod" log han medan han sköt fram en ostfralla.

"Tack."

Under tystnad lät de sig mättas av frallor och te med honung. Tagna av dagens händelser såg de på varandra med trötta ögon. Ingen av dem hade kunnat föreställa sig vad de skulle komma att finna - än mindre att det skulle bringa sådan uppståndelse. Medan de lämnat platsen i polisbilen hade flertalet reportrar stationerat sig bakom avspärrningarna - troligen utan att veta grunden till polisens insats.

"Vill du ha mer?"

Nora skakade på huvudet och svalde ned det sista av teet medan Milo började plocka undan tallrikar och skölja besticken under kranen. Hon räckte honom den tomma koppen och begav sig mot soffan.

"Vin?" frågade Milo.

Nora skakade på huvudet. "Det är bra, tack." Hon rättade till soffkudden under huvudet. "Men tag du om du vill."

Hon kände sig upprymd efter dagens upptäckt. Tänk om blodet var detsamma som det som funnits vid platsen där mannen dött? Det skulle bevisa att han troligen simmat över sjön efter det att han blivit skjuten. Men ännu återstod den största frågan av dem alla - var fanns hans kropp?

Milo ställde vinglaset på bordet och slog sig ned i fåtöljen. "Nu skulle en dusch sitta fint." Han log, sträckte sig efter glaset och smuttade på det vita vinet. "Få upp värmen lite grann."

Hon nickade instämmande. Det kunde nog behövas.

~ SJUTTON ~

HON HÖRDE honom vrida av duschkranen. Nedbäddad under täcket väntade hon medan han insvept i en handduk tog sig uppför spiraltrappan till sovalkoven. Hon log då hon såg hans muskulösa kropp - de svällda musklerna, det imponerande sexpacket på magen. Tillsammans med det svarta, droppande håret och den gyllenbruna hyn såg han precis så oemotståndlig ut som när de var ett par.

Han mötte hennes leende och böjde sig sedan ned mot väskan för att leta efter sina underkläder. Hon bet sig i läppen och såg med pillemarisk blick på de spända ryggmusklerna.

"Vänta" sa hon och drog undan täcket.

Han såg upp och studerade hennes nakna kropp. Med vidöppen mun lät han blicken falla över den gudomliga härligheten - det röda håret, det runda ansiktet. Vidare ned till de fasta brösten, den smala midjan och de inbjudande låren.

"Vänta?" frågade han, osäker på vad hon egentligen menade. Var det så att hon inbjöd till samlag? Eller ville hon bara känna hans närhet efter den omtumlande dagen?

"Kom" sa hon och klappade med handen på platsen vid sidan om sig. "Lägg dig som du är."

Milo log och gjorde inget för att motsätta sig hennes önskningar. Med huvudet på kudden och den nakna kroppen intill hennes slöt han sina ögon medan hennes hand smekte över de spända magmusklerna och hennes läppar kysste hans hals. Han kunde känna hur hennes bröst snuddade vid hans sida medan han smekte henne över ryggen.

"Är du säker?" frågade han henne och öppnade ögonen.

Hon nickade. "Vill du inte?"

"Jo jo" log han. "Jag vill bara försäkra mig om att du är säker på detta?"

"Ja - sen du kom hit har jag försökt att hitta en anledning till att låta bli." Hon log. "Men jag kan inte finna någon. Kan du?"

Det kunde inte Milo. Visserligen fanns risken att det skulle komma att bli en engångshändelse eller att någon skulle komma att bli sårad. Men det brydde han sig föga om i detta läge. Han skakade på huvudet.

"Bra" sa hon och kysste honom.

Hettan spred sig i stugan och den kom inte enbart från den sprakande eldstaden framför vilken Basse fortsatt låg utslagen.

Nora och Milo kysstes passionerat. Två individer som aldrig slutat att älska varandra - trots att de under en tid varit separerade, trots de många hinder och händelser som särat dem. De hade aldrig slutat att älska. Och de båda kände det som deras läppar nu gav uttryck för.

Nora hade saknat honom. Saknat den trygghet som han gav henne - känslan av att vara beskyddad, stöttad och omhändertagen. Nu förförde hon honom med allehanda sexuella knep för att påvisa hur saknad han varit. Kyssar i nacken, smekningar längst låren och hypnotiserande tunglekar.

Han ville ha henne. De starka armarna höll henne i ett stadigt grepp medan hon lade benen om honom. Han kände härligheten och hörde stönet medan hon lät honom stöta in. Hon höll andan medan han kom allt djupare och lät sedan allt komma ut i ett högljutt tjut - som fick Basse att rycka till nere vid brasan.

Med sammanslingrade kroppen började hon sakta svanka ovanpå honom - först stillsamt och retsamt för att sedan öka takten. Andningen var kraftig och hon kände hur saknaden av mänsklig närhet spred sig som en eld genom kroppen.

Minuterna av ömt älskande passerade förbi. Hon kunde snart inte hålla det inom sig längre - var han redo? Hon såg ned i hans mörka glödande ögon. Det var nu det skedde. Hon ökade takten än mer och hörde hur hans ansträngningar blev än mer intensiva.

Som i rösterna från en hel gospelkör nådde de den högsta tonen samtidigt. Hon kände hur hettan spred sig mellan dem - hur hans spända kropp reste sig under henne medan de tillsammans sjöng ut i en sista kraftig ansträngning. Hon kände hur varenda muskel spände sig i kroppen och föll sedan i dvala över honom.

"Det var efterlängtat" viskade hon mellan andetagen.

"Mer än du anar."

BASSES MORRANDE väckte Nora Bäck. Hennes ögon mötte det kolsvarta mörker som vilade i stugan. Hon reste sig upp i sängen och lyssnade efter ljud. Men allt hon hörde var Basses dova morrande från undervåningen.

"Milo" viskade hon och puttade lätt på honom. "Milo, vakna."

"Vad är det?" frågade han stilla.

"Lyssna - hör du Basses morrande?"

Milo lutade sig upp och lyssnade ut i mörkret. Små dova morrningar hördes från Basse.

"Är det någon här?" frågade Nora ängsligt.

Milo drog av sig täcket och smög över golvet fram till sin väska.

"Vad ska du göra?"

"Vänta här" sa han till henne medan han drog på sig sina kalsonger. "Jag kollar vad han morrar åt."

Milo smög sig nedför spiraltrappan och såg Basse morrandes intill ytterdörren. Den glödande eldstaden kastade ett mindre ljus över undervåningen.

"Vad är det, pojken?"

Han ställde sig på huk intill Basse som stod med fokuserad blick på ytterdörren. Milo gav honom några lugnande klappar innan han reste sig och försiktigt vred låset i dörren.

Han hade ingenting att försvara sig med, tänkte han medan han tog ett hårt grepp om Basses halskedja. Tänk om det var en beväpnad person utanför?

Han tryckte ned handtaget och lät dörren sakta glida upp. Han kände den kalla vinden vina in genom den mörka springan och hörde den susa i träden. Han puttade till dörren och höll hårt om Basse medan de tog ett kliv ut.

Då rusade en skugga förbi dem. Milos ögon hade inte vant sig vid mörkret och han överraskades av situationen. Basses skall ekade ut över området.

"Stanna" ropade Milo efter skuggan. "Stanna - annars släpper jag hunden."

Sekunderna passerade och han kunde höra hur grenar bröts på tomten. Ögonen vande sig vid mörkret och nu kunde han urskilja en springande person i rikting mot den väg som ledde bort från stugans tomt.

I samma sekund som Basse kände greppet lätta satte han av mot den springande gestalten. Skallen ekade fortsatt och i nästa ögonblick vädjade en mansröst i mörkret.

"Tag bort hunden."

Milo rusade nedför trappan och vidare ut på det fuktiga underlaget. Vem var det som vädjade? Vem var personen bakom mansrösten? Och vad gjorde denna utanför stugan mitt i mörka natten?

"Basse" ropade han. "Basse, loss."

När han kom fram till dem låg en man krälandes på marken med den ilskna Basse över sig. Dragandes i inkräktarens ryggsäck kämpade Basse med att hålla honom på marken.

"Vem är du?" sa Milo med barsk stämma. "Vad gör du här mitt i natten?"

Mannen svarade inte utan fortsatte med rädsla i rösten att vädja till Milo om att fånga in hunden.

"Spionerar du på oss?"

"Nej" stönade mannen och fick av sig väskans ena axelrem. "Jag är journalist och..." Han ålade sig runt på den leriga marken med den släpande Basse i ett stadigt grepp runt väskan. "Jag rapporterar om händelsen på andra sidan sjön."

"Vad gör du då utanför vår stuga?"

Milo lät Basse behålla sitt grepp om mannen.

"Jag samlar information." Han sparkade mot Basse men missade gång på gång. "Jag är journalist."

Tillslut gick den andra remmen på väskan av och mannen kom upp på benen och tog till flykten. Milo fick tag i Basses halskedja och hindrade honom från att jaga efter.

Medan mannen försvann nedför skogsvägen förföljd av Basses hotande skall plockade Milo upp den gröna ryggsäcken från marken.

"Bra jobb" sa han till Basse som gnydde då mannen försvann ur sikte. "Duktig pojke."

Från sin plats på verandan följde Nora med skräck det som utspelade sig i mörkret borta vid vägen.

Vems röst var det?

~ ARTON ~

KOMMISSARIE VERONICA Berg avslutade samtalet med Nora Bäck innan hon steg in i konferensrummet på polisstationen.

"God morgon" sa hon till samlingen med poliser, inspektörer och tekniker. "Då inleder vi överlämningen från nattens undersökningar." Medan hon mödosamt slog sig ned på stolen noterade hon att Inspektör Gunnar Josefsson inte befann sig på plats. "Så vad har vi?"

"Blodet som återfanns vid området är skickat till Nationellt Forensiskt Centrum för DNA-analys" inledde en av teknikerna. Med trötta ögon efter nattskiftet bläddrade hon bland anteckningar i sitt block. "Återstår att se om det är blod från samma person som det blod som hittades tidigare i veckan."

Veronica nickade samtidigt som Åklagare Lindén klev in i rummet.

"Ursäkta sen ankomst" sa han medan han lade sitt anteckningsblock på bordet, knäppte upp kavajen och slog sig ned på stolen bredvid Veronica. "Vad har jag missat?"

"Blodet från gårdagen är skickat till labbet" fyllde Veronica i. "Vi vet inte i nuläget om det är samma som det blod som hittades tidigare i veckan."

"Ni menar det blod som fanns på den plats där en kropp skulle ha hittats och som senare visade sig ha försvunnit?"

Veronica nickade.

"Kan vi utgå från det?" frågade Lindén vidare.

Veronica ryckte på axlarna.

"Det rör sig om samma område" svarade en polisman. "Så möjligheten finns."

"Sannolikheten då?"

Samtliga tystnade under en stund medan Lindén granskade samlingen i rummet. Samtliga förstod vilken ansträngning som krävdes för att simma över sjön med en eventuell skottskada. Dessutom fanns ingen avliden person som kunde verifiera Nora Bäcks historia.

"Vi får invänta svaren från NFC" tillade Veronica och gick vidare. "Hur har nattens sökande gått?"

"Vi har satt en nationell efterlysning på Dan Molin" fortsatte Inspektör John Andreasson. "Jag har inte själv arbetat i natt utan för bara vidare Gunnars information från imorse."

"Var är han?" frågade Veronica.

"Han arbetade natten igenom så han åkte hem vid sextiden imorse."

Hon nickade. "Vad sa han mer?"

"Jo" sa John och försökte minnas.

"Vi har återigen muddrat" fyllde ett kvinnligt kommenderingsbefäl i. "Denna gång längst stugans strand samt i ett intilliggande vattendrag. Dock utan reslutat."

"Dan Molin" fortsatte John - irriterad över att ha blivit avbruten. "Han är som sagt nationellt efterlyst. Man har också kartlagt hans senaste aktiviteter." Han bläddrade i anteckningsblocket. "Telefonen användes senast klockan 20.13 i söndags kväll och registrerades av en mast i närheten av sjön vilket tyder på att han befann sig hemma." Han bläddrade vidare. "Senaste uttaget med bankomatkort skedde dagen innan vid fyratiden på en bensinstation."

"Så det mesta tyder på att denne Dan Molin befann sig hemma eller i närheten av sjön vid tidpunkten då Nora Bäck ska ha funnit denna kropp?" frågade Lindén.

John nickade.

"Finns något annat fordon registrerat på honom?" frågade Veronica.

"Förutom pickupen och fyrhjulingen - nej."

"Hur kommer det sig att blodet inte kontaminerats av regnet som fallit under dygnen?" frågade Lindén.

"Som tur var hänger en stor björk över den fyndplatsen" sa en av teknikerna. "Denna skyddade tillräckligt för att inte skölja bort det och gjorde det möjligt att säkra en analys."

"Och fyndplasten?" sa Lindén och vände blicken mot Veronica. "Den hittades av denna Nora Bäck?"

Veronica nickade.

"Är hon förhörd?"

"Självklart" svarade hon.

"Och?"

"Och vad?"

Lindén såg med fundersam blick på henne. "Det är anmärkningsvärt att samma person finner vad som kan vara identiskt blod på två olika platser." Han såg bekymmersamt på henne. "Detta dessutom bara dagen efter jag beslutat att lägga fallet på is."

"Vad vill du ha sagt?"

De övriga i rummet satt tysta och följde debatten mellan de två ledarfigurerna. De kunde nästan känna den spända stämningen.

"Att jag hoppas hon har förhörts grundligt. Det är som sagt potentiellt misstänk att detta sker - jag menar, vad gjorde hon vid stugan på andra sidan?"

"Jag kan försäkra er om att en utförlig rapport från förhöret finns att tillgå och jag råder dig att läsa igenom den innan du insinuerar något."

Lindén log. "Det ska jag, tro mig."

Veronica hyste inga högre tankar om Åklagare Lindén. Och denne i sin tur verkade inte hysa några högre om Nora Bäck. Kanske trodde han mer på den linje som presenterats angående Noras psykiska hälsa? Hursomhelst var det han som ledde denna förundersökning.

"Något annat?" frågade Veronica och blickade åter ut över samlingen.

"Analysen från de fotspår som hittades vid den stuga som hyrs av Nora Bäck har kommit" sa en av teknikerna och lade fram en av Inspektör Josefssons fotografier på avtrycken i leran. "Det är storlek fyrtiotre och är från en grövre modell av vinterkänga.

Och de stämmer inte in på de kängor som Noras manliga bekant bär."

"Så teorin om att någon kan ha spionerat på dem återstår?" frågade Veronica och såg retsamt på Lindén.

"I allra högsta grad" sa teknikern. "De kan dock tillhöra en jägare, svampplockare eller vilken nyfiken person som helst. Kanske bara någon lokal förmåga som inte visste att stugan var uthyrd och som blev nyfiken då denne vandrade förbi?"

"Kan så vara" sa Lindén.

"Vi har talat med stugans ägare" fyllde John i. "En Klara Nilsson - hon och hennes man är bortresta och har inte varit vid stugan under den tid som fotspåren ska ha uppstått."

"Media?" frågade det kvinnliga kommenderingsbefälet.

"Nej - vi har frågat ledande tidningar om de haft personal i området men de säger sig inte ha någon kännedom om det" svarade John. "Uppståndelsen om den försvunna kroppen blev inte allför stor samt att vi höll oss ganska väl under radarn."

"Så hur går vi vidare under dagen?" frågade Lindén och såg på sitt armbandsur.

"Vi kommer att utöka sökområdet runt stugan och sjön" svarade det kvinnliga kommenderingsbefälet. "Vi har fortsatt en saknad i person i Dan Molin och stugan är tack vare mobiltelefonen den sista plats som han kan knytas till."

"Vi fortsätter arbetet inne i stugan" sa tekniker. "Vi kommer att säkra spår då vi vet att han hämtade tidningen under morgonen då Nora senare ska ha funnit en kropp." Han harklade sig. "Det fanns flertalet kaffekoppar odiskade på bordet. Kanske kan vi finna DNA som indikerar att han haft besök."

"Och jag kommer att försöka kontakta hans anhöriga" sa John.

"Bra" sa Lindén och reste sig. "Och media?" Han såg på Veronica. "Bör vi gå ut med namn och bild för att se om allmänheten sett till denne Dan Molin?"

Veronica såg på honom. Det var ovanligt att han frågade henne om råd - oftast brukade han bara följa sina egna instinkter. Beslutet var förvisso svårt. Fördelen var att de kunde skapa sig en bild över Dan Molins aktiviteter. Kanske skulle han själv se sig i tidningen och höra av sig vilket skulle kunna göra att de kunde fokusera på annat.

"Ja " svarade hon. "Jag tror vi har mer att vinna på det." Hon nickade och log smått. "Men av respekt så låter vi John kontakta de anhöriga först."

"Självklart" sa Lindén och nickade åt John innan han försvann ut ur rummet.

"Då börjar vi" sa Veronica och reste sig.

Nu behövde hon kontakta Nora Bäck för att få en mer utförlig uppdatering om nattens händelse.

~ NITTON ~

NORA BÄCK lät Milo sova ut.

Den annars så morgonpigge mannen hade vankat av och an under de tidiga morgontimmarna med farhågorna att den mystiske mannen skulle besöka dem på nytt. Tillslut hade han accepterat Noras vädjan och försäkran om att Basse skulle väcka dem vid nya intrång och krupit ned intill henne. Nu låg han snarkades i sovalkoven.

En kopp med nybryggt kaffe vilade i hennes hand medan hon läste de senaste nyheterna på sin mobiltelefon. Några få notiser stod om den pågående insatsen på andra sidan sjön. Kanske stämde det att den nattlige besökaren var från en nyhetsbyrå? tänkte hon och såg på den gröna ryggsäcken som låg på bordet. Men om så var fallet - varför hade han inte gjort ett nytt besök nu när solen stigit upp?

Han måste väl vilja ha sin väska tillbaka? Allt han behövde göra var att knacka på, förklara sig, be om ursäkt och så skulle det hela vara ur världen. Hon skakade på huvudet. Det händer alldeles för mycket på denna plats. Den rogivande vecka som hon föreställt sig när hon anlände hade redan de första dagarna förvandlats till en ren mardröm. Och det arbete hon skulle ha utfört var ännu inte fulländat.

Kanske skulle de bara packa ihop och åka hem?

Tvärsöver den spegelblanka sjön kunde hon se hur polisens sökbåtar drev runt intill strandkanten. Hon undrade nyfiket hur det gick för dem? Om det fynd de gjort hade lett rättsväsendet till något mer konkret?

Klockan närmade sig halv tio och efter en kort promenad med Basse satte hon sig för att arbeta med några skisser - mestadels för att fokusera sina tankar på annat än de senaste dagarnas händelser. Två timmar senare knackade det på ytterdörren. Basse var snabbt framme för att skälla ut vem som än befann sig på den andra sidan.

Nora såg ut genom fönstret intill dörren innan hon öppnade upp för Kommissarie Veronica Berg.

"Hej Nora" sa hon och lät Basse lukta på hennes utsträckta hand. "Ursäkta att jag inte kommit tidigare men mötet på stationen drog ut på tiden."

"Jag förstår" sa Nora och bad henne stiga på. "Vill du ha kaffe?"

"Nej tack" svarade Veronica och lade handen på magen. "Jag bör vara försiktig med kaffe enligt läkarna."

"Såklart" log Nora och fyllde på sin kopp. "Slå dig ned." Hon pekade mot soffan men Veronica valde fåtöljen.

Då hördes fotsteg från sovalkoven. Milo hade vaknat och kom yrvaket nedför spiraltrappan iklädd mjukisbyxor och ett slitet linne. Det svarta håret var rufsigare än vanligt och ögonen gick nästintill i kors.

"God morgon" sa han och log åt Nora. "Veronica - trevligt att ses igen."

"Trevligt och trevligt" svarade Veronica. "Omständigheterna hade kunnat vara av en roligare sort."

Det höll Milo med om. Han gäspade och gnuggade de rödsprängda ögonen innan han tog fram en kopp ur skåpet och fyllde den med den heta och magiska morgonblaskan. Han gjorde dem sedan sällskap i soffan.

"Så berätta" sa Veronica efter en stund.

Nora redogjorde för den första delen - den där hon vaknat av Basses morrande och sedan väckt Milo. Milo fyllde sedan i med vad som hände ute på tomten.

"En journalist?"

Milo nickade och ställde ned koppen. "Det var vad han sa." Han reste sig och hämtade den gröna ryggsäcken. "Denna lämnade han efter sig," Han slog sig åter ned i soffan efter att ha räckt Veronica ryggsäcken. "Den innehåller en handdator och en del anteckningar runt insatsen på andra sidan sjön men inget annat konkret som bevisar det han sa."

"Det underliga är att han inte behagat att besöka oss under morgonen" sa Nora. "Jag menar - om han nu är en oskyldig journalist som lite klantigt utfört sitt jobb så borde han väl vilja ställa allt till rätta?" Hon drog ett djupt andetag. "Om inte annat så borde han vilja ha tillbaka sina tillhörigheter."

"Såg du någon gång mannens ansikte?"

Milo skakade på huvudet. "Det var mörkt och det hela gick mycket hastigt till." Han såg på Nora och sedan tillbaka på Veronica. "Jag skulle känna igen hans röst om jag hörde den igen men det är nog också allt - tyvärr."

"Okej" nickade Veronica och reste sig. "Jag ser till att en tekniker får ryggsäcken. Med lite tur kan vi hitta vem den tillhör med hjälp av datorn."

Hon tackade för sig och lämnade åter den olycksdrabbade stugan som mer och mer kommit att bli ett huvudbry för hela polisavdelningen.

Nora såg på Milo då Veronicas bil hördes lämna tomten. "Obehagligt med allt som händer."

Milo nickade instämmande.

"Har du fått sova något?"

"Ja." Han svalde ned det sista ur kaffet och log. "Lite sömn har jag fått. Och du?"

"Ytterst lite." Hon rättade till pläden som vilade över benen. "Vaknat till och från." Hon såg ut genom fönstret. "Tänk om mannen såg oss ha sex?" Hon rös av obehaget. "Vilken pervers människa."

"Ja" sa han. "Jag har ingen direkt tidsuppfattning om hur länge vi sov mellan sexet och det att Basse väckte oss."

"Inte jag heller."

Hur som så var det obehagligt att någon kunnat spionera på deras passionerade sexakt.

DET KNACKADE på Kommissarie Veronica Bergs kontorsdörr.

"Kom in" sa hon och såg mot dörren.

Inspektör John Andreasson klev in.

"Vad har vi?" frågade en smått stressad Veronica.

"Dan Molins anhöriga är kontaktade" inledde han. "En dotter på tjugosex år samt hans åttioettåriga mor - ingen av dem har haft kontakt med honom de senaste fyra dagarna."

"Bra, tack. Då kan du be Lindén gå ut med det i pressen."

"Absolut, jag ordnar det." Han harklade sig. "Jo - sedan vad gäller datorn i ryggsäcken."

Veronica släppte blicken från datorskärmen på skrivbordet och såg intresserat på honom.

"IT har fått fram att den tillhör en Gabriel Forsman." Han gav henne ett utskrivet fotografi föreställande mannen. "Men denne arbetar inte som journalist."

"Inte?" sa hon och granskade fotografiet.

"Nej - inte vad de kunnat få fram via skattebesked eller anställningsintyg."

Intressant, tänkte hon med fortsatt granskande blick på fotografiet. Så vem är du?

"Har ni adressen?"

John nickade.

"Ta in honom."

John nickade och vände om mot dörren.

"Jo, John" sa hon. "Jag får inte tag i Gunnar. Sa han något om när han tänkte infinna sig på nytt?"

John skakade på huvudet. "Nej - han sa bara att han skulle sova några timmar."

"Okej - tack."

Typiskt honom att försvinna när allt börjar dra ihop sig, tänkte hon medan John lämnade rummet. Hon studerade fotografiet på den påstådda journalisten. Och vad har du med allt att göra?

~ TJUGO ~

MEDAN BILDEN på Dan Molin nådde den breda svenska pressen satt en orolig Gabriel Forsman i ett av förhörsrummen på polisstationen i Karlstad. Med stirrig blick och nervöst trummande med händerna mot bordskivan inväntade han förhörsledaren.

"Vill du vara så vänlig och uppdatera mig?"

Åklagare Lindén spände ögonen i Kommissarie Veronica Berg där de stod utanför det förhörsrum som förvarade Gabriel Forsman. Den stressade och irriterade Veronica suckade.

"Har denne man med utredningen att göra?"

"På sätt och vis" svarade Veronica.

"På vilket sätt om man får fråga?"

Veronica dolde ansiktet i handflatan och skakade på huvudet. Var de verkligen tvungna att ta det här nu?

"Mannen härinne har under natten befunnit sig i ett kritiskt område som hör samman med det första blodfyndet."

Lindén såg skeptiskt på henne.

"Vad grundar ni detta på?"

"Hans tillhörigheter har hittats på platsen samt iakttagelser från vittnen i området."

"Iakttagelser?"

Veronica var van vid Lindéns sätt att arbeta. Ingenting fick ske över hans huvud. Ingenting fick undgå honom. Allt skulle ske på order från honom. All ära skulle sedan läggas på hans fantastiska sätt att leda förundersökningar. Hon skakade frustrerat på huvudet. Detta hade pågått under flertalet år.

"Har detta möjligen med Nora Bäck att göra? Är det hon som är vittne?"

Veronica orkade inte med hans frågor och bestämde sig för att lägga korten på bordet.

"Vittnen är mycket riktigt Nora Bäck och hennes manliga sällskap. Mannen härinne - Gabriel Forsman - har under natten konfronterats av Nora utanför hennes stuga. Gabriel har lämnat en falsk anledning till sitt besök och sedan lämnat platsen. Nora lämnade under morgonen över en väska som tillhör Gabriel och nu sitter han här för att utfrågas om detta besök."

Lindén såg med höjda ögonbryn på henne. Detta kunde han inte argumentera emot - Veronica hade helt klart gjort rätt i sak.

"Okej" sa han. "Men i fortsättningen informerar du mig om utvecklingen."

"Du" sa hon som svar till hans syrliga pik. "Om du läste din inkorg på regelbunden basis så skulle du se att en rapport om detta redan har lämnats."

Sedan öppnade hon dörren till förhörsrummet och stängde irriterad den samme i ansiktet på den häpna förundersökningsledaren. Där fick han så han teg, tänkte hon och vände blicken mot mannen vid förhörsbordet.

"Gabriel Forsman" sa hon och satte sig på stolen mittemot. "Veronica Berg, Kommissarie." Hon öppnade sitt anteckningsblock och såg på honom. "Jag misstänker att du förstår varför du är här?"

Gabriel satt tyst. Benen skakade nervöst och blicken var fortsatt stirrig.

"Desto snabbare du snackar, desto snabbare kan vi ta lunch" fortsatte hon kyligt. "Så jag frågar dig igen - Jag förutsätter att du vet varför du hämtats in?"

Han nickade försiktigt, såg ned i bordet och svalde hårt.

"Så?" sa hon. "Berätta."

"Det har väl med det som hände i natt och göra?"

Hon nickade. En bra inledning - kanske skulle det bli ett enkelt och snabbt förhör, trots allt.

"Det var verkligen inte meningen att det skulle gå till på det sättet" beklagade han sig.

"Hur menar du?"

"Att de skulle vakna - jag hade inte räknat med att de hade en hund."

Veronica såg fundersamt på honom. "Vad gjorde du ens på platsen? Och vid den tiden?"

Han tystnade på nytt.

"Det är nu som du ska svara."

"Jag rekade för att ha något att skriva på min blogg."

"Din blogg?"

Gabriel nickade. "Jag har en blogg och när nyheten om polisinsatser i området började florera så bestämde jag mig för att skriva om det."

"Så du är egentligen inte journalist?"

Han skakade på huvudet. "Jag ville bara skriva intressanta saker på bloggen."

Veronica noterade i sitt block. "Så varför besökte du stugan mitt i mörka natten?"

Han ryckte på axlarna. "Jag vet inte? - Jag trodde väl att jag skulle kunna hitta något intressant då jag läst mig till att allt började vid den där platsen."

"Läst var?"

"På olika forum på nätet."

Veronica höjde ögonbrynen. Gabriel var inte längre intressant - varje polisiär ådra inom henne skrek att han hade absolut inget med ärendet att göra. Han var helt enkelt en lite för nyfiken åskådare som inte kunnat låta bli att göra sig själv känd på andras bekostnad.

"Vad heter din blogg?"

Han harklade och kliade sig i pannan längst det höga hårfästet. "Gabbes blogg om brott." Han nästan viskade ut orden.

"En gång till?"

"Gabbes blogg om brott."

Veronica log. Vilket stolpskott, tänkte hon medan hon antecknade namnet på bloggen. Den ska bli intressant att läsa igenom.

"Du förstår att den här typen av intrång i människors liv kan leda till fällande dom? Du inser det va?"

Han nickade och såg åter ned i bordet. Veronica suckade och fortsatte oinspirerat.

"Har du rört dig i området under tidigare under veckan?"

Han nickade.

"Vad har du för storlek i skor?"

Han såg undrande på henne.

"Du kan göra det enkelt eller svårt."

"Fyrtioett. Kanske fyrtiotvå beroende på skor."

Då var det inte hans avtryck som hittats på Noras veranda, tänkte hon och noterade storleken i anteckningarna. "När har du befunnit dig i området?"

Han funderade en stund och ryckte på axlarna. "Lite då och då - någon gång då ni hade avspärrningar runt sjön." Veronica nickade och såg på honom. "Sen någon gång efter det att avspärrningarna hävdes." Han suckade. "Och så i natt då förstås."

Avspärrningarna hävdes? tänkte hon.

"Menar du att du befann dig på samma sida av sjön vid alla tillfällen?"

Han nickade. "Jag har inte varit där ni har avspärrningar nu. Men jag har sett dem från håll."

"Varför inte?" funderade Veronica. "Om du nu ska ha något att skriva på din blogg så borde du väl vara där det verkar hända?"

"Ja" sa han. "Men jag valde att följa erat arbete på denna sida av sjön."

"Vilket arbete?"

Veronica blev själv förvånad över att hon ställde tanken som en fråga. Men det fanns ingen aktivitet på Noras sida av sjön. Vilket arbete var det som Gabriel syftade på?

"Jo" sa han och funderade en stund. "Det var nog natten efter att avspärrningarna hävts som jag såg hur någon form av aktivitet försiggick i skogen intill sjön."

"Vad för aktivitet?"

Han såg fundersamt på henne.

"Vad för aktivitet?" upprepade hon.

"Jag vet inte säkert - men någon ljuskälla var det och jag hörde någon form av arbete."

"Ljuskälla?"

Han nickade. "Jag tror att strålkastarna från en bil användes - det såg så ut i alla fall. Efter någon timme eller två så lämnades platsen."

Det var samma natt som spåren utanför Noras stuga uppstod, tänkte hon och såg fundersamt på Gabriel.

"Kan du peka ut den aktuella platsen?"

Han nickade. "Den finns markerad på min blogg."

DEL 3

ETT LIV TAS
ETT ANNAT LIV GES

~ TJUGOETT ~

DET PÅGICK ingen polisiär insats i området runt Nora Bäcks stuga den kväll då fotavtrycken lämnades på hennes veranda. Ändå påstod bloggaren Gabriel Forsman motsatsen då han ska ha sett hur en ljuskälla befunnit sig i skogen runt sjön. Med hjälp av Gabriel Forsmans utpekande på en karta befann sig nu ett större pådrag i området för att på nytt söka efter klarhet i fallet.

Kommissarie Veronica Berg stod intill Förundersökningsledaren, Åklagare Lindén. Ett Kommenderingsbefäl beordrade ut positioneringar för den samlade polisstyrkan. Hundförarna lyssnade noggrant medan hundarna gnydde längtansfullt intill dem.

Mörka moln vilade ovanför dem men regnet höll sig frånvarande. Inom kort skulle det börja skymma och den inkallade personalen behövde röra sig effektiv i området för att finna något innan mörkret försvårade insatsen.

Ett mindre pressuppbåd hade samlats runtom de avspärrningar som fanns uppsatta - vilket berodde på intresset då Dan Molins bild och namn fanns i samtliga tidningar med vädjande till allmänheten att inkomma med tips.

"Kanske tog vi fel beslut" muttrade Lindén och såg med besvärad blick på journalisterna.

"Vi visste ju inte då att denna nya information skulle inkomma" besvarade Veronica honom och gav inte media någon större uppmärksamhet.

Nu handlar det om att finna svar på den aktivitet som pågått i området efter det att polisen hävt sina avspärrningar och lämnat platsen.

Den första hundpatrullen gav sig iväg i riktning mot det område som Gabriel Forsman pekat ut på en karta under förhöret.

Veronica följde dem med blicken. Hon hade så gärna följt dem men graviditeten gjorde det omöjligt för henne att vandra runt bland snår, buskar och hala berg i skogen. Hon fick helt enkelt vänta vid basen och hoppas att de inom kort skulle ha ny insamlad information att utgå ifrån.

En fråga som fortsatte eka i Veronicas inre: Var befann sig Inspektör Gunnar Josefsson? Han hade inte setts till sedan tidig morgon och svarade fortfarande inte i sin telefon. Visserligen hade han en förmåga att under jakten både försova sig och underprestera - detta säkerligen på grund av få timmar av sömn. Men detta? När allt nu stod på sin spets och en lösning möjligen var inom räckhåll? Var det verkligen rätt tid att sova ut?

"Har du hört från Gunnar?" frågade hon Inspektör John Andreasson då denne passerade förbi.

"Nej" sa han och skakade på huvudet. "Han verkar ha gått i ide."

Typsikt, tänkte Veronica. Varför tar han inte bara semester under älgjakten? Han var ändå ingen resurs att räkna med under den veckan.

Hundförare Karin Marx hade täten tillsammans med sin Schäferhona - treåriga Minna. Framme vid det område som angivits kommenderade Karin den glade flickan att inleda jakten.

"Sök, gumman, sök!"

Minna viftade på svansen innan hon satte nosen i backen. Kopplet spändes och de var iväg. Karin följde i Minnas bestämda steg medan de korsade stigar, rundade trädstammar och cirkulerade en stund runt en stor sten. De passerade en lerig skogsväg med djupa däckspår, vidare in i snårig terräng - Minna markerade med entusiastisk svansviftning och kopplet spändes än mer.

Karin kunde se en annan kollega - Martin Loman med sin fyraåriga hane - hålla sin del av terrängen med ett avstånd på tjugo meter ifrån dem. Samtliga fyra hundpatruller arbetade noggrant och effektiv på ett led om åttio meter medan polispatruller sökte andra delar av skogen.

Då kom den efterlängtade signalen från Minna - ett skall och svansföringen högt upp i luften.

"Duktig tjej" sa Minna och klappade om den skuttande hunden medan hon satte sig på huk. "Få se vad det är du hittat."

KOMMISSARIE VERONICA Berg stod lutad mot en polisbil och följde noga sökandet med hjälp av rapporteringen på komradion.

"Vi har markering" sprakade det i radion och fångade även Lindéns intresse.

Veronica och Lindén såg på varandra och väntade avvaktande på fortsättningen. Skulle Gabriels iakttagelse ge resultat?

"Kan tekniker komma till platsen?"

Lindén nickade åt de två tekniker som stod redo i sina vita skyddsdräkter varpå de tog sina väskor och begav sig i riktning mot skogskanten.

"Tekniker är på väg" svarade Veronica över radion.

"Vi kommer och möter upp dem" fortsatte Kommenderingsbefälet.

Var det nu det hände? tänkte Veronica. Var det nu de skulle få alla de svar som de saknat sedan den kväll då Nora Bäck inkom med sitt larmsamtal?

"Bör vi utvidga avspärrningarna?" frågade Lindén. "Om inte annat lär här krylla av pressfolk inom kort."

Veronica nickade instämmande. Redan nu hade det mindre pressuppbådet växt sig större och större ju längre tid insatsen tagit dem. "Vi konsulterar Kommenderingschefen då hon återkommer."

En spänd tystnad följde. Åklagare Lindén vankade av och an intill polisbilen, sparkandes lätt i den torra leran och såg allmänt nedtyngd ut.

Avspärrningarna utvidgades. Pressen trängdes nu bakom de blåvita banden - blixtrar från kameror for genom den skymmande omgivningen och tv-teamens reportrar sökte förstasidornas nyhetsstoft hos de polismän som upprätthöll avspärrningen.

Ryktet om att polisen på nytt sökte igenom ett område runt den högaktuella sjön spred sig som en löpeld genom landets stora nyhetsapparat. Med tanke på att avspärrningarna och arbetet runt Dan Molins hus ännu inte avslutats samt att hans namn och bild fanns i tidningarna spekulerade många i vad som egentligen hände i den värmländska skogen.

Veronica var trött och ryggen värkte. Graviditeten var påtaglig och hela tiden intalade hon sig själv att vara försiktig - försiktig för sin lilla flickas skull.

Kommenderingsbefälet återvände till basen tillsammans med en av teknikerna. Åklagare Lindén upphörde med sitt sparkande i leran och ställde sig intill Veronica.

"Vad har vi?"

"En kropp" svarade Kommenderingsbefälet och skakade på huvudet. "Illa tilltygad."

"Brottsrubricering?" frågade Lindén.

"I allra högsta grad bragd om livet." Befälet drog ett djupt andetag. "Det finns tecken på yttre våld - skottskada."

Nora Bäcks vittnesmål stämmer, tänkte Veronica.

"Mer än så går inte att bedöma - det är en uppgift för rättsläkaren."

"Vi samlar in så mycket information som bara är möjligt" sa tekniker. "Kroppen fanns slarvigt gömd intill ett buskage. Viss naturbråte har använts för att täcka över kroppen."

"Bråte?"

"Ja" sa han och nickade. "Grenar - lera. Det som gått att få tag på i närheten."

"Är det en man?" frågade Veronica.

Tekniker nickade.

Dan Molin? tänkte Veronica.

~ TJUGOTVÅ ~

NORA BÄCK lade ifrån sig skissblocket och reste sig ur soffan. Utanför knackade Kommissarie Veronica Berg på dörren. Basses skall byttes mot glad svansviftning medan Nora bad Veronica att stiga på.

"Ursäkta att jag stör" sa Veronica. "Men jag har information att tillge er."

"Du stör inte" svarade Nora och visade Kommissarien till soffan. "Slå er ned. Kan jag erbjuda något att dricka?"

"Bara lite vatten, tack."

Veronica satte sig till rätta i soffan medan Nora fyllde ett glas med vatten innan hon gjorde henne sällskap i soffan.

"Tack." Veronica fuktade strupen med en rejäl klunk och ställde sedan glaset på bordskivan. "Jo - jag vet inte om du märkt av det, men vi har under dagen haft ännu ett sökpådrag i närheten."

Nora nickade. Nog hade hon märkt av pådraget nere vid vägen men inte gjort sig besväret att kontrollera uppståndelsen. Milo som under dagen rastat Basse hade även han påpekat den massiva polisnärvaron.

"Hur som så kan jag meddela dig att vi nu påträffat en avliden person i skogen."

Nora ryggade bakåt och såg med vidöppen mun på Veronica. Är det sant? tänkte hon.

"Så det kan bli så att vi behöver höra dig igen - som vittne för de iakttagelser som gjordes tidigare."

Nora nickade och lutade sig framåt. "Ja självklart - men..." stammade hon. "... men missade man kroppen under den första sökningen?"

Veronica ryckte på axlarna. "Jag vet inte. Allt jag kan yppa mig om är att en person är funnen avliden och att du kan komma att kallas till nya förhör."

Nora nickade medan tankarna for runt i hennes inre. En viss lättnad kände hon - som om en stor tyngd av ängslan föll från hennes axlar. Nu kunde väl polisen inte längre se henne som en psykisk sjuk person. Bevisen fanns där. Inte för att hon väntade sig någon form av ursäkt - poliserna hade bara gjort sitt arbete, men i och med fyndet kunde de nu avskriva henne som instabil individ.

Milo, som vilat i sovalkoven, kom med trötta steg nedför spiraltrappan i svarta träningsshorts och blått linne. Han hälsade på Veronica och slog sig ned i fåtöljen.

"De har funnit kroppen nu" sa Nora till Milos förvåning. Han vände blicken mot Veronica.

"Är det sant?"

Veronica nickade.

"Det var som fan" sa han. "Är det den skjutne mannen?"

Det ville inte Veronica gå in på men efter all hjälp som de bidragit med så lämnade hon dem med den goda nyheten, men även med en varningens finger.

"Det är med största sannolikhet den skjutne mannen men var observanta - vi har fortfarande inte någon skyldig."

FÖRUNDERSÖKNINGSLEDARE LINDÈN och Kommissarie Veronica Berg satt tillsammans inne på Chefsåklagare Stina Laursens kontor för att uppdatera henne om det senaste fyndet.

"Så" sa Stina och tog av sig sina runda glasögon. "Situationen är på inga sätt unik om än något märklig." Hon lutade sig tillbaka i stolen. "Någon förklaring till hur man kunnat missa kroppen under den första sökningen?"

Veronica harklade sig. "Vi har anledning att misstänka att kroppen har placerats på dumpningsplatsen efter det att sökandet avslutats."

"Vad bygger ni detta på?"

"Vittnesuppgifter" svarade Lindén.

"Och offret ska ha skjutits?"

Veronica nickade.

"Dödsorsak?"

"Inte fastställd" svarade Lindén. "Ett preliminärt uttalande gör gällande att den avlidne ska ha skjutits i höger lunga vilket i sin tur ledde till drunkning."

"Identifiering?"

"Med största sannolikhet Dan Molin."

Stina lutade sig framåt, satte glasögonen över nästippen och lutade sig mot armbågarna. Detta var ett komplicerat fall. Hur hade kroppen hamnat på platsen efter det att sökarbetet avslutats? Var hade den befunnit sig mellan den tid då mannen dog i flickans armar och det att den gömdes på dumpningsplatsen? Och var fanns den aktuella brottsplatsen där offret skjutits?

"Några konkreta fynd vid Dan Molins stuga?" frågade hon. "För vi får väl utgå ifrån att det är själva brottsplatsen?"

"Instämmer - det är helt klart där som Dan har utsatts för våldet" svarade Lindén. "Flera fynd har gjorts i och runt huset - bland annat har blodspår säkrats alldeles utanför dess entré."

"Misstänkta?"

"Bra fråga" sa Veronica och klappade omsorgsfullt den stenhårda magen. "Vi arbetar utifrån tre stycken scenarior för tillfället." Hon rätade på sig på den obekväma besökstolen. "Första är att Gabriel Forsman ligger bakom mordet. Han är den som lett oss till fyndplatsen vilket självklart väcker en del frågor."

"Som?"

"Varför tipsade han inte polis under den aktuella tiden för upptäckten? Vad gjorde han egentligen i området - påståendet om en blogg är i nuläget inte direkt hållbar. Dessutom verkar han enbart ha befunnit sig i området under nätterna."

"Scenario två?"

"Ja" sa Veronica och tvekade med sitt svar. "Det går förstås inte att bortse från Nora Bäcks närvaro."

Hon skruvade på sig och kände en klump av obehag. Nora var en så söt person och Veronica hyste inga som helst misstankar mot henne - men var likväl tvungen att redovisa samtliga scenarior.

"Grunder?"

"Det faktum att hon ska ha sett en skottskadad man dö" svarade Lindén. "När polisen anländer så finns där inte längre någon kropp. Nora kan mycket väl ha flyttat kroppen och sedan tillkallat polisen - vad anledningen skulle kunna vara till ett sådant beteende har vi förstås inga teorier om."

Stina noterade vad som sades.

"Dock vill jag tillägga" sa Lindén. "Jag själv är av den uppfattningen att Nora Bäck inte har med mordet att göra."

Veronica såg förvånat på Lindén. Det var ytterst sällan som han uttalade sig som sådan och ärligt talat trodde hon att Lindén höll Nora som huvudmisstänkt.

"Noterat" sa Stina. "Ni talade om ett tredje scenario?"

"Ja - det är helt enkelt att vi inte har någon misstänkt alls för närvarande."

Veronica nickade instämmande till det som Lindén sade. Fyndet av kroppen var bara några timmar gammalt och än så länge fanns det inte mycket att gå på. Analyser av beslagtagna fynd från Dan Molins stuga bearbetades fortfarande, kroppen väntade på obduktion hos rättsläkaren och DNA var skickat till Nationellt Forensiskt Centrum.

"Vi kommer att hålla ett nytt förhör med Gabriel Forsman" sa Veronica. "Nu när vi har en kropp så finns det fler frågor. Dessutom har inre spaning kartlagt Gabriels senaste dygn."

"Och Nora Bäck?"

"Hon är informerad om fyndet" svarade Veronica. "Och medveten om att hon kan komma att hämtas in för ytterligare förhör - hon är mycket samarbetsvillig och vi ser inget som tyder på att hon skulle avvika."

~ TJUGOTRE ~

PRESSUPPBÅDET VAR enormt. Tillsammans trängdes de inne i pressrummet på Polisstationen i Karlstad i väntan på den stundande presskonferensen. Ljudnivån var hög och samtliga talade i mun på varandra - utbytte teorier och vilda spekulationer om gårdagens tillkännagivande om att en avliden person påträffats vid sjön.

Tekniker och polis hade arbetat natten igenom och under morgonen var där fortfarande stor aktivitet innanför avspärrningarna vid sjön. Var det kanske så att de nu hade tillräckligt på fötterna för att meddela allmänheten om händelsen?

Kommissarie Veronica Berg hade under tidig morgon återigen förhört vittnet Gabriel Forsman. Pressat honom med frågor om det märkliga beteendet att röra sig runt sjön i nattetid.

Gabriels förklaring var att han på dagarna arbetade - vilket bekräftats av hans chef nere på ICA-butiken - och därför ägnade sig åt bloggintresset på kvällar och nätter. En familjemedlem hade gett honom alibi för den kvällen då mordet ska ha skett, vilket sedan kunde bekräftas med teknisk bevisning. Gabriel Forsman friades från samtliga misstankar alldeles innan den utsatta tiden för presskonferensen.

Veronica klev fram till podiet tillsammans med Åklagare Lindén och Chefsåklagare Laursen. Hon såg ut över samlingen med reportrar och journalister innan hon slog sig ned på stolen mellan de två åklagarna. Under morgonen hade magen känts orolig - hon var trots allt långt gången i sin graviditet och kunde inte utesluta en för tidig födsel.

Hon skulle vara mer försiktig nu, tänkte hon och nickade åt Stina att inleda presskonferensen.

"God förmiddag" inledde Stina. "Vi har kallat till denna presskonferens för att uppdatera om det senaste i försvinnandet av Dan Molin. Först så kommer Kommissarie Veronica Berg..." Hon lade handen på Veronicas axel. "... att ge er polisens redogörelse och efter det kommer vi att besvara frågor."

Blixtrar från kameror for genom rummet medan Veronica tog ett djup andetag.

"Varsågod, Veronica."

"Tack." Hon harklade sig. "Under gårdagen spärrades ett nytt område av vid den aktuella sjön. Inom detta område har vi sedan påträffat en avliden person. Vi kan nu bekräfta att det är den försvunne Dan Molin." Hon pausade och tog en klunk vatten. "Polisen fortsätter i detta nu med den tekniska undersökningen - både på platsen för fyndet samt i och runt Dan Molins bostad."

Mer än så hade hon inte att berätta. Hon såg på Stina och nickade.

"Då tar vi frågor" sa Stina och såg ut över samlingen.

"Är någon gripen eller frihetsberövad?"

"Nej" svarade Lindén. "Inte i nuläget."

"Någon misstänkt?"

"Nej."

Pressen talade i mun på varandra.

"Snälla - får jag be om en fråga i taget?" påpekade Stina och nickade åt en reporter från TV4. "Varsågod?"

"Vad är rubriceringen?"

"Den är mord alternativt dråp." svarade Lindén. "Men kan komma att ändras under utredningens gång."

"Vad tyder på mord?"

Lindén drog ett djupt andetag och kliade sig i skäggstubben. "Det jag kan nämna nu är att kroppen visar tecken på yttre våld."

"Skjuten?"

"Med hänsyn till utredningen vill jag inte gå in på dödsorsak eller tillvägagångssätt. Det vi kan säga nu är att det finns tecken på yttre våld."

Återigen pratade pressen i mun på varandra. Veronica förstod inte att det skulle vara så svårt att ställa en fråga i taget. Hon var heller inte så förtjust i att hålla dessa pressträffar - all uppståndelse och alla frågor, varav många som hon själv sökte svar på.

"Är brottsplatsen densamma som där kroppen hittades?"

Både Lindén och Veronica tvekade med sina svar.

"Kroppen har förflyttats" svarade Stina. "Det är vad vi kan säga i nuläget."

REGNET FÖLL återigen medan Nora Bäck och Milo följde polisens presskonferens på TV. Under morgonen hade Nora lyckats lägga hela händelsen åt sidan och ägnat sig åt arbete. Hon kände sig lättad över att säcken äntligen dragits åt men insåg samtidigt att polisen saknade en gärningsman - än mindre någon som kunde vara skyldig.

"Undrar hur de kunde missa kroppen vid det första sökpådraget?" konverserade Milo. "Vill du ha mer kaffe?"

Nora skakade på huvudet medan Milo tog sin kopp och fyllde den till bredden borta vid köksön.

"Och att den ska ha flyttats?" Han slog sig åter ned i soffan och kastade upp benen på bordsskivan. "Det är så märkligt." Han skakade oförstående på huvudet. "Det innebär att någon har berövat kroppen medan du ringde larmsamtalet."

Nora nickade.

"Det är så absurt."

Nora instämde. Hon förstod vilken enorm fara hon själv måste ha befunnit sig i - omedvetet. Vem som än flyttade kroppen kunde likväl ha vakat över dem i mörkret den där kvällen.

"Om Dan Molin sköts vid sin stuga" sa hon och såg på Milo. "Och sedan simmade över sjön." Hon tystnade kort. "Mördaren lär ju inte ha simmat efter?"

Milo skakade på huvudet. "Mördaren måste ha åkt bil runt sjön. Eller något annat fordon."

Nora fortsatte sin fundersamma tystnad.

"Vad är det du tänker på?" frågade Milo och smuttade på det rykande kaffet.

"Jag mindes precis" inledde hon.

"Vad?"

Hon rätade på sig i soffan och satte sig i skräddarställning, såg fundersamt ut på regnet och sedan tillbaka på Milo.

"Mindes vad?"

"När jag hade larmat polisen..."

Milo nickade.

"När jag såg ut genom det köksfönstret så kom ett ljussken över skogen... långt, långt nere på vägen." Hon såg ned på sina händer och slöt sedan ögonen. "Jag minns det för att jag blev så förvånad över att polisen kunde komma så fort."

"När var det?"

"Jag... jag minns att jag fortfarande talade med personen på SOS Alarm men..."

"Men?"

"Men sedan försvann skenet och inget fordon dök upp förrän den första patrullen, men det var dock mycket senare."

"Det kan förklara att kroppen flyttades" sa Milo. "Har du berättat det för Veronica?"

Nora skakade på huvudet. "Nej - jag mindes det precis nu." Hon såg fundersamt på honom. "Som du säger, det skulle förklara när kroppen möjligtvis flyttades."

"Vi måste kontakta Veronica" sa Milo och stäckte sig efter sin mobiltelefon.

Hur kunde jag missa det? tänkte Nora.

~ TJUGOFYRA ~

UPPGIFTERNA KUNDE innebära ett genombrott i utredningen. Veronica tackade Nora Bäck för den nya informationen och inledde omgående att bläddra i förundersökningsrapporten. Vilken patrull hade varit först på plats?

Lindén såg fundersamt på henne där de båda arbetade i konferensrummet. "Vad letar du efter?"

"Nora kom med nya uppgifter" svarade hon och bläddrade bland de utspridda bladen framför sig. "Jag försöker hitta vilken patrull som var först på plats."

"Varför?"

"Nora säger att hon ska ha sett ett ljussken på vägen men det var flertalet minuter innan den första patrullen anlände."

"Intressant." Lindén satte igång med att hjälpa henne i letandet. "Här är det."

"Tack" sa hon och tog emot pappret.

"Så vad letar vi efter?"

"Namnen på de som först anlände till platsen." När hon väl hittade namnen reste hon sig. "Jag ska se om jag kan få tag i dessa." Hon gick mot dörren. "Jo - kan du se om du får tag i Gunnar? Han ska tydligen vara sjuk enligt John men jag behöver vissa kompletteringar från utredningen av Dan Molins bostad."

"Visst" sa Lindén, som de senaste dagarna visat en mer samarbetsvillig attityd mot Veronica.

NORA BÄCK och Milo ägnade sig åt att älska i sovalkoven. Det var som om de aldrig varit ifrån varandra - alla känslor fanns kvar. Den enorma passion de hade för varandra, det hämningslösa sexet och den underbara känslan av att äntligen finnas i varandras närhet igen.

Efteråt föll Nora i sömn. Trött efter flera dagars ängslan och förtvivlan över händelserna. Milo klev ur sängen, klädde sig och klev nedför spiraltrappan. Han var hungrig och bestämde sig för att bre en smörgås.

Han åt den tillsammans med en kopp te vid köksön och bestämde sig sedan för att ringa sin kollega för att uppdatera sig om de senaste idéerna. Han tog sin mobiltelefon och klev ut på verandan för att inte väcka Nora. När han såg ned på verandatrappan kom han underfund med att han inte sänt Kommissarie Veronica Berg de fotografier som han tagit av fotspåren.

Så klantigt, tänkte han. Bäst att jag gör det med en gång.

ÅKLAGARE LINDÈN hade just avslutat samtalet med Inspektör Gunnar Josefsson då Kommissarie Veronica Berg återkom till konferensrummet.

"Gunnar har influensan" sa han då hon slagit sig ned intill bordet.

Jaså? tänkte hon och nickade. Den mannen som aldrig blir sjuk? Och dessutom under själva jakten? Hon misstänkte att han gjort en fuling - en vit lögn för att dölja att han suttit på pass under nätterna.

"Fick du tag i dem?"

"Ja" svarade hon. "Jag frågade om de mindes att de mött något fordon på vägen men det hade de inte." Hon lade en karta framför Lindén. "Vägen genom skogen är rätt så lång och det ska ha tagit tjugotvå minuter för den första patrullen att anlända."

"Så?"

"Enligt Nora så kom ljusskenet då hon fortfarande talade med larmoperatören - ett samtal som varade i exakt sex minuter och trettiotre sekunder."

Lindén nickade.

"Så om ett fordon har setts av Nora vid slutet av det samtalet så finns det inte en möjlighet att det fordonet kunnat lämna platsen utan att möta den första polispatrullen på skogsvägen."

"Och patrullen har inte mött ett annat fordon?"

Veronica skakade på huvudet.

"Det går ju inte ihop" sa han och tog kartan till sig. "Antingen så har Nora helt enkelt fel eller så har ett fordon parkerat på någon av småvägarna?"

De såg på varandra under en stunds tystnad.

"Nora måste ha misstagit sig" sa Veronica. "Annars betyder det att den som förflyttade kroppen befann sig i skogen medan vi sökte igenom området."

"Det är en läskig tanke."

Veronica såg ned i sin mobiltelefon där ett meddelande inkommit - fotografierna från Milo. De hade hon fullständigt glömt bort i allt kaos som följt under veckan.

"Detta är det mest mystiska fall som jag har varit med om" suckade hon och lutade sig tillbaka i stolen. "Jag får bara inte ihop det."

"Nej" svarade Lindén. "Och risken finns att vi får en hel del kritik om det skulle visa sig att den skyldige fanns bland oss eller i närheten då skogen spärrades av."

MARIE MOLIN hade identifierat sin bror. Med tårar satt hon nu framför Kommissarie Veronica Berg och Åklagare Lindén i konferensrummet.

"Kan jag erbjuda något att dricka?"

Marie skakade på huvudet åt Lindéns fråga.

"Vi beklagar verkligen" tröstade Veronica. "Dessvärre måste vi ställa några frågor. Tror du att du orkar med det?"

Marie nickade. "Vadsomhelst för min bror." Hon torkade tårarna med en servett och inväntade den första frågan.

"Vet du någon som skulle vilja din bror något illa?" frågade Lindén. "Någon han var osams med?"

"Nej" sa Marie snörvlande. "Min bror var väldigt omtyckt." Hon såg ned i bordsskivan. "Han var något av en ensamvarg - aldrig gift och verkade inte så intresserad av varken mig eller familjeliv." Hon ryckte på axlarna. "Men några fiender hade han inte."

"Vet du vilka han umgicks med?"

"Jaktlaget" svarade Marie snabbt och utan eftertanke. "Det var det allt kretsade runt - jakt år in och år ut."

"När var senaste du talade med din bror?"

Marie funderade kort. "Det måste ha varit någon kväll i förra veckan."

"Sa han något anmärkningsvärt? Eller något som du reagerade på?"

"Nej - han var glad som vanligt. Talade om jakten då älgjakten skulle inledas i helgen." Hon tystnade. "Vår farmor fyller år inom kort så vi talade smått om presenter och så."

Veronica satt tyst en stund. Det skulle komma att bli svårt att kartlägga Dans liv - en ensamvarg som enbart intresserade sig för jakt.

"Vet du vilka han skulle jaga med i helgen?"

Marie skakade på huvudet.

"Inget namn alls?"

"Jag känner inte till något namn på dem han brukar jaga tillsammans med." Hon funderade en stund. "Han nämnde en polis."

"En polis?"

"Ja" sa hon och snöt sig i servetten. "Jag lyssnade aldrig så noga när han satte igång med sitt jaktsnack - ni förstår, jag är inte så intresserad av sådant." Hon

suckade. "Men jag minns att han skulle ligga på pass med någon från polisen."
Gunnar? tänkte Veronica. Eller John?

~ TJUGOFEM ~

MÖRKRET HADE återigen sänkt sig runt den vackra sjön. Månen lät sitt sken lysa upp dess stilla yta medan Nora Bäck virade pläden runt sina ben ute på stugans veranda.

Milo såg ut över omgivningen och förundrades över dess skönhet. Den sista flaskan med vin var öppnad - tillsammans njöt de av tystnaden, smuttandes på varsitt glas medan de njöt av den ljumna sensommarkvällen.

De hade bestämt sig för att packa ihop och åka hem. Händelserna runt sjön var alldeles för påtagliga och rädslan över att en mördare fortfarande fanns på fri fot gjorde att de bestämt sig för att lämna stugan några dagar tidigare. Förhoppningsvis skulle Kommissarie Veronica Berg ge dem sitt godkännande - det var ju inte så att de skulle komma att lämna landet.

Nora var trots allt på det stora hela klar med arbetet hon kommit dit för att uträtta - projektet med den stora herrgården. Och dessutom hade hon fått än fler frågetecken uträtade. Milo var nu tillbaka i hennes liv - vilket både kändes bra och på något sätt skrämmande. Hon var återigen sårbar inför någon - men denna gång var hon starkare och mer säker på vad hon ville.

Milo hade tänt ett ljus - den lätta vinden lät dess låga dansa i mörkret. De hade tänt det till minne av Marcus. På det sättet skulle han fortsätt vara närvarnade i deras liv, hade Milo sagt. De skulle ägna kvällen till att minnas honom - till att hedra hans minne.

"Tror du de kommer finna den skyldige?"

Milo såg på henne och drog ett djupt andetag. Själv såg hon ut över sjön och bort mot stugan på den andra sidan.

"Jag kan inte förstå hur de kunde missa kroppen."

"Nej" sa Milo som inte heller kunde förstå polisens miss. "Det är verkligen ett mysterium."

"Tror du det kan vara den där påstådda journalisten?"

Han ryckte på axlarna och smuttade vidare på vinet. Visst fanns möjligheten. Han var trött på dramat, trött på död och mystiska besökare mitt i natten.

"Vem vet vad som smyger runt i mörkret här ute" svarade han. "Kan vara vem som helst som mördade honom."

Nora nickade. Visst kunde det vara så.

"Hur känns det att åka hem imorgon då?" frågade Milo. "Tidigare än vad du hade planerat?"

Nora ryckte på axlarna. "Det är med blandade känslor." Hon såg ut över den mörka sjön. "När jag såg bilderna på detta ställe online..." Hon suckade och log. "... Det var bara så vackert, så fridfullt. Och sen när jag väl kom hit så var det precis så underbart som jag föreställt mig."

Milo log och kunde inte annat än att hålla med om den skönhet som vilade runt området.

"Första dagen var rena drömmen - jag fick ut precis det som var tanken med ombytet. Rensa tankarna, inspirationen för att arbeta." Hon såg ned på Basse som vilade vid verandans trapp. "Och lyckan hos Basse med naturen och lösdrivandet." Hon log. "Det har han inte i stan om man säger så."

Basse såg upp på henne då hans namn nämndes men lade sedan ned huvudet igen med en suck.

"Men sedan vände allt" fortsatte Nora och fick med ens mer allvar i blicken. "Man ser det bara på film, du vet."

Milo nickade.

"Man tror inte att det kan hända en själv. Det är fortfarande så surrealistiskt - att det kan vända från dröm till mardröm på mindre än några timmar."

Milo satt tyst. Funderandes på det som Nora sagt. Hon hade rätt i sak - det var verkligen definitionen av en hur en dröm blir till en mardröm. Känslan hon måste ha haft då hon fann den döende mannen. Maktlösheten hon måste ha känt. Hjärtan som måste ha bultat i hennes kropp då hon sprang metrarna mellan mannen och telefonen inne i stugan. Tankarna som måste ha snurrar i hennes inre.

"Det är sorgligt" svarade han. "Jag vet faktiskt inte vad jag kan säga om saken - hur jag ska kunna stötta dig i detta. Men jag lovar att finnas här för dig." Han log då deras blickar möttes. "Det är ett löfte som även gäller när vi kommer hem."

"Tack" log Nora.

"Vad händer nu?" frågade Milo.

"Med?"

"Oss?" log Milo försiktigt. "När vi kommer hem?"

Nora funderade kort. Hon hade inte ägnat det några tankar på grund av händelserna.

"Jag vet inte." Hon såg fundersamt på honom. "Jag tycker om dig, Milo. Så otroligt mycket. Och jag vill att vi fortsätter att ses och umgås."

Han log. Det var ord som han tyckte om att höra.

"Vi har ju trots allt haft sex igen" fortsatte hon och log brett. "Och det tycker jag vi definitivt ska fortsätta med."

De båda skrattade. Milo nickade instämmande och tog en klunk ur vinglaset.

"Men vi kan väl gå sakta fram?"

"Självklart" svarade Milo. "Jag ville bara veta var vi står - det är en sak att komma hit när du sårbar och en aning vilsen och skakad efter det som hänt." Han såg ned i glaset. "Det var aldrig meningen att utnyttja det på något sätt..."

"Milo" avbröt hon honom. "Det var jag som tog initiativet till sex." Hon log. "Du har inte varit annat än underbar under dessa dagar."

"Om du säger det så."

"Vi fortsätter att ses när vi kommer hem till Stockholm, tar vid där vi slutade senast." Hon tog hans hand. "Låter det som en bra plan?"

Han nickade belåtet. Det lät som musikens vackraste toner i hans öron.

EFTER EN hektisk dag låste Kommissarie Veronica Berg upp dörren till sin trerumslägenhet i centrala Karlstad. Med trötta steg klev hon in i hallen och stängde efter sig.

Hon behövde några timmars sömn. Några timmar av avkoppling, krafthämtning och få känna sig någorlunda utvilad när morgonen stundade. Kroppen ömmade medan hon trädde ur skorna och tog sig vidare in i köket.

Medan tevattnet kokade bredde hon två smörgåsar och gick sedan för att byta om till en mer bekväm klädsel. Magen kändes orolig, men inte orolig på grund av lillflickans eviga sparkande utan av situationen med fallet.

Tankarna virvlade i hennes inre likt en storm under hösten - den söta Nora Bäck, den funna kroppen, den döde Dan Molin. Bloggaren Gabriel Forsman och de få forensiska ledtrådar de lyckats samla in.

Hon skakade frustrerat på huvudet medan hon åt smörgåsarna i vardagsrummets soffa. På TV:n sändes en repris av Mästarnas Mästare - SVT:s succéprogram.

Vem var mördaren?

Gabriel Forsman hade sitt alibi. Nora Bäck var för Veronica utesluten. Så vem var det?

Den svårknäckta nöten skulle hon minsann knäcka - om hon så skulle behöva arbeta med fallet för resten av karriären. Hon skulle göra det för Nora Bäck - den söta kvinnan som inte förtjänade denna död som tycktes söka upp henne var hon än vände sig.

Hon lade sig ned och lät huvudet vila tungt på soffkudden. Medan fallets gåtor fortsatt olösta gäckade hennes inre föll hon in i en djup sömn.

~ TJUGOSEX ~

DE HADE bara sovit några timmar. Men den morgonpigge Milo satt redan vid köksön och väntade medan kaffebryggaren utförde sitt arbete.

Nora Bäck och Basse snarkade i kapp i sovalkoven. Väskorna stod packade i hallen. Inom några timmar skulle de tillsammans sätta sig på Milos motorcykel och lämna naturen för betongen.

Morgonen var disig. En tjock imma vilade ovanför den mörka sjön och den lågt stående morgonsolen lyckades inte tränga igenom den molnbetäckta himlen. Inte den perfekta dagen för att färdas flertalet mil på en motorcykel, tänkte han. Bättre var det för Basse som skulle få åka hem i taxi.

Med en rykande kopp kaffe satte han sig i soffan och lät sig roas med att läsa nyheterna på sin mobiltelefon innan han kontrollerade mejlen och svarade på meddelanden från sina kollegor.

Minuterna senare knackade det på ytterdörren. Han såg fundersamt ut genom fönstret men såg inte vem som doldes där ute.

Han var inte helt på det klara. Ägarna till stugan skulle visserligen möta upp för inspektion och få tillbaka sin nyckel. Han såg på klockan. Men inte skulle de väl komma vid denna tidiga timma? tänkte han och reste sig.

Basse stod intill trappen uppe på sovalkoven. Med skeptisk blick såg han ned mot Milo som öppnade dörren.

"God morgon" sa Inspektör Gunnar Josefsson. "Ursäkta om jag väckte er?"

"Nej, inte alls" svarade Milo, smått förvånad över Gunnars besök. "Stig på."

Milo banade väg och lät Gunnar kliva in. Basse stegade ned från övervåningen och hälsa med stor försiktighet på inspektören.

"Vill du ut?" frågade Milo och såg på Basse, som genast viftade sin svans och tryckte nosen mot den stängda dörren. När den väl öppnades så skuttade Basse ut i morgondimman. "Tag lite kaffe om du vill" fortsatte Milo, stängde dörren och visade Gunnar in i köksdelen.

"Tack" svarade Gunnar.

Medan Milo fyllde en kopp med den rykande mirakeldrycken kunde de höra hur Nora stökade runt i sovalkoven.

"Slå dig ned" sa Milo och pekade på fåtöljen, varpå de båda slog sig ned till bords. "Vad kan jag bistå er med?"

Gunnar smakade av morgonkaffet, ställde koppen framför sig och rättade till sin gröna jägarväst. Samtidigt kom Nora nedför spiraltrappan iklädd pyjamasbyxor och linne.

"Hej" sa hon och gick mot kaffebryggaren. "Jag visste inte att vi skulle få besök så tidigt?"

"Ber om ursäkt för det" svarade Gunnar. "Jag har sonderat terrängen - arbetat med vissa frågor om fallet - och så har jag nu några frågor bara." Han tog ännu en klunk ur kaffet. "Då jag ändå befann mig här utanför så passade jag på."

"Vi ska svara så gott vi kan" sa Nora och slog sig ned i soffan intill Milo.

"Jo" inledde Gunnar. "Det gäller de här spåren som ni upptäckte på verandan."

Nora och Milo lyssnade uppmärksammat.

"Ni hade några fotografier på spåren?"

"Ja" sa Milo och nickade.

"Kan jag möjligtvis få se dem?"

"Ja, visst kan du få det" sa Milo. "Om jag nu vet var jag la min telefon?" Han såg sig omkring och insåg att han lagt den på fönsterbrädan vid halldörren. "Ursäkta." Han reste sig för att hämta telefonen.

Nora såg med fundersam blick på Gunnar. Han log brett och smakade åter på kaffet. Nora gav ett svagt leende tillbaka men något annat störde hennes inre. Det var något misstänkt med Gunnar. Någon som hon inte kunde sätta fingret på.

KOMMISSARIE VERONICA Berg anlände till stationen i centrala Kalstad vid halv åttatiden. Hon hängde av sig sin lila höstjacka och vankade fram till skrivbordet. Utvilad efter en god natts sömn slog hon sig ned i kontorsstolen och drog ett djupt andetag innan hon satte igång med arbetet.

Medan datorn startade upp öppnade hon meddelandet från Milo. Hon studerade en stund fotografierna på mobilskärmen. Zoomade in, bläddrade och zoomade in på nytt. Något otydliga, tänkte hon och kisade.

När datorn väl startat kopplade hon kabeln mellan mobiltelefonen och datorns usb-port och laddade över fotografierna i datorn. Hon behövde ha dem förstorade. När de överförts öppnade hon upp dem en efter en och granskade dem noggrant. Vid ett av fotografierna stannade hon till, vred på huvudet och såg med fundersam blick på skärmen.

"Vad är det där?" sa hon för sig själv och zoomade in.

Fotografiet visade fönstret på avstånd. Det fönster dit de leriga spåren lett. En fläck på väggen? Hon kunde inte avgöra med fotografiets tvivelaktiga kvalité så hon tillkallade IT-avdelningens tekniker.

Minuterna senare knackade en tekniker på Veronicas dörr.

"Vad bra" sa hon. "Kan du få till kvalitén på detta fotografi?" Hon pekade på skärmen. "Jag försöker få fram vad denna gröna fläck är?"

Den glasögonpryda teknikern nickade och bad henne mejla över fotografiet till avdelningens mejl.

"Återkommer om några minuter."

Veronica nickade, mejlade över fotografiet och väntade sedan otåligt medan IT arbetade med kvalitén.

Äntligen plingade det till i Veronicas inkorg. IT-avdelningen var klara med fotografiet och Veronica kastade sig över det.

En tygbit? tänkte hon. En grön tygbit som såg ut att ha fastnat på ett spikhuvud i väggen intill stugans fönster. En tygbit?

Hon lutade sig tillbaka i kontorsstolen och såg med uppspärrade ögon och vidöppen mun på dataskärmen. Det kunde väl inte vara? Nej - det skulle vara absurt. Hon skakade på huvudet och ville inte tänka i de banorna.

Men fakta var fakta - hon kände igen den gröna tygbiten och när allt klarnade för henne så blev mysteriet allt tydligare. Och nu var hon tvungen att utreda det nya spåret vidare, oavsett det faktum att det var högst obekvämt. Hon knappade på mobiltelefonen och satte den mot örat. Kom igen, Gunnar, tänkte hon. Svara nu.

Men det var förgäves. Inte heller denna gång lyckades hon nå inspektören. Istället kallade hon till sig Lindén.

"Har vi något nytt?" frågade Lindén då han kom in på Veronicas kontor.

"Ja" svarade hon. "Se på detta fotografi." Hon pekade mot datorn varpå Lindén böjde sig fram över skrivbordet och såg mot skärmen.

"En tygbit?"

"Ja - och jag tror inte det är vilken tygbit som helst."

Lindén rätade på sig och såg undrande på henne.

"Denna tygbit skulle med största sannolikhet ha upptäckts av mig eller Gunnar när vi varit på plats. Inte heller de tekniker som rört sig i området har funnit biten - jag har läst igenom samtliga rapporter och bevisning nu på morgonen."

Lindén förstod inte riktigt var hon ville komma.

"På morgonen då Nora Bäck hörde av sig om de leriga spåren så åkte jag och Gunnar ut till stugan för att höra oss för och se på bevisen."

"Och?"

"Medan jag talade med Nora och Milo så sonderade Gunnar terrängen i jakt på bevis." Hon såg med skrämda ögon på Lindén. "Samma morgon hade jag och Gunnar ett möte på mitt kontor." Hon skakade på huvudet. "Jag minns att jag lade märke till att han hade en ny jägarväst på sig - en brun istället för grön."

Lindén spärrade upp ögonen.

"Tygbiten fanns där när Milo tog fotografierna innan vi kom." Hon såg med sammanbiten min på honom. "Sedan verkar den vara försvunnen."

~ TJUGOSJU ~

MILO GREPPADE tag om sin mobiltelefon och skulle just återvända till sällskapet då han plötsligt stelnade till. Blicken var fokuserad på golvet och han kände ett obehag rusa genom kroppen.

Han hade sett dem tidigare. De leriga spåren på parkettgolvet - de var desamma som de han dagarna innan fotograferat på verandan. Han höjde blicken och vände sig om. Inspektör Josefsson? Nej - det kunde väl inte vara sant?

Milo mötte Nora Bäcks blick. Han såg ängslan i hennes ögon - hade även hon förstått hur det låg till? Hade hon sett de leriga spåren från Inspektör Gunnar Josefssons jägarkängor?

Gunnar såg på Nora, sedan följde han hennes blick till Milo. Han var röjd, tänkte han och såg ned på spåren. Hade de förstått?

"Milo?" sa han. "Hade du fotografierna?"

"Spelar det någon roll nu?" frågade Milo då han såg hur Gunnar lade handen på sitt tjänstevapen.

"Sätt dig" beordrade han Milo och tog fram vapnet. "Se så - tillbaka till soffan."

Milo klev förbi Nora och slog sig åter ned intill henne.

"Varför Gunnar?" frågade Nora. "Varför har du spionerat på oss?"

"Och varför kommer du hit nu?" tillade Milo. "Vi ska ju för helvete ge oss av idag."

"Telefonerna" sa Gunnar. "Skicka hit era telefoner."

Nora och Milo placerade sina mobiltelefoner på bordsskivan och sköt över dem till Gunnar. Milo såg med ilsken blick på den lugna inspektören.

"Vill du berätta vad fan det är som händer här?"

Nora tyckte inte om Milos irriterade ton - att provocera en beväpnad galning var inget att rekommendera. Hon förstod att han var arg men det skulle inte ta dem ur situationen.

"Det var inte så här det skulle sluta" sa Gunnar och letade i Milos mobiltelefon efter fotografierna. "Har någon annan sett fotografierna?"

Milo funderade kort. Nu hade han chansen - Gunnar visste alltså inte om att fotografierna fanns i polisens ägo? Och det var något med fotografierna som kunde avslöja honom.

"Nej" svarade Milo. "Jag har glömt att sända dem."

Gunnar såg skeptiskt på honom och reste sig. "Är du säker på det?"

Milo nickade.

"Helt säker?"

Milo nickade på nytt.

Gunnar tog med ett fast grepp tag om Milos kalufs och drog hans huvud bakåt medan han pressade vapnet mot hans tinning.

"Nej!" skrek Nora med gråten i halsen och tårar rullandes nedför kinderna. "Sluta!"

"Är du lika säker nu?" frågade Gunnar och drog än hårdare i Milos hår medan han spände ögonen i honom.

"Ja" svarade Milo och blundade. "Jag svär - ingen har sett fotografierna."

"Bäst för er" sa Gunnar och släppte taget om Milo innan han med all kraft slog vapnet över hans tinning.

Blicken blev suddig och Milo svävade mellan vaket och medvetslöst tillstånd innan ett andra slag knockade honom.

"Nej - Milo?" Tårarna rullade nedför Noras kinder medan hon knuffade på den avsvimmade Milo. "Vakna." Hon vände blicken mot Gunnar som återvänt till sin fåtölj. "Vad har du gjort? Vad vill du?"

Gunnar satt tyst. Han lade vapnet framför sig på bordet och såg på den hysteriska Nora medan han inväntade att hon skulle hämta sig.

Nora slöt sina ögon och kände hur hjärtat galopperade i bröstet - hon samlade kraft för att samla sina tankar. Sakta började pulsen återgå till en lugnare rytm. Hon såg framför sig hur allting hängde ihop - hur Gunnar låg bakom det som hänt henne de senaste dygnen.

Gunnar måste ha skjutit Dan Molin vid dennes stuga på andra sidan sjön. Av någon anledning lyckades Dan fly och simma över till denna sida. Väl där fann hon den döende mannen - och sprang för att larma.

Ljusskenet som hon sett flera minuter innan den första polispatrullen anlände måste ha varit Gunnar som kom i sin pickup. Det gav honom flera minuter för att undanröja kroppen innan kollegorna kom.

Var det därför som den första patrullen mötte honom på stigen? Hon mindes hur de dragit sina vapen och lyst upp honom med sina ficklampor. Hur han sträckt sina armar i luften och lugnat dem med sin polisbricka.

"Du var där" sa hon och öppnade ögonen. "Du kom från stigen den där natten då Dan dog."

Gunnar log hånfullt. "Smart tjej - jag trodde aldrig du skulle komma på det."

Det hade jag nog inte heller, tänkte hon. Om du inte kommit hit idag så hade du nog kommit undan med det.

"Varför kom du hit idag?"

"För fotografierna" svarade han. "Det fanns ledtrådar på dem som kunde leda direkt till mig."

"Fanns?"

Han log och höll upp Milos mobiltelefon. "Raderade." Han kastade telefonen hårt i golvet bredvid sig och tog upp vapnet, siktade det mot Nora och suckade. "Synd nog att jag råkade lämna nya spår efter mig." Han såg på de leriga spåren på golvet. "Annars hade jag bara behövt radera fotografierna och så hade ni åkt hem och jag fortsatt som vanligt."

"Monster" sa Nora.

Gunnar skrattade till och sträckte sig efter kaffekoppen medan Nora såg med sorgsna ögon på den avsvimmade Milo. Snälla vakna, tänkte hon och såg åter på Gunnar.

"Varför dödade du Dan?"

"Jag hade inte uppsåt att döda Dan." Han ställde ned koppen. "Jag skulle bara skrämma honom." Han ryckte på axlarna. "Du förstår - han var skyldig mig en hel del för arrendet."

"Arrendet? Du dödade honom över jaktarrendet?"

"Nej - över pengar." Han såg irriterat på henne. "Den där arrogante jäveln betalade inte som han lovat - jag skulle bara skrämma skiten ur honom men han fajtades tillbaka. Skotten avlossades och han flydde." Han ryckte samvetslöst på axlarna. "Jag var inte säker på om jag träffat eller inte."

"Och sedan gömde du kroppen här?" Hon log sarkastiskt. "Du är inte särskilt smart va?"

Kommentaren var dum. Det insåg hon då hans svarta ögon mötte hennes.

"Vi hade redan sökt igenom området. Jag trodde det skulle vara säkert att låta honom ruttna där då det redan var genomsökt och avklarat." Han skakade på huvudet. "Och så dök den där bloggaren upp."

"Karma."

"Håll käft."

Nora tystnade. Hon såg på Milo. Var det så här det skulle sluta? De som kvällen innan gjort upp planer för framtiden. De som diskuterat hur de skulle gå vidare i sitt förhållande. Hon - som äntligen känt hopp om livet, om fortsättningen. Återigen hade en dröm förvandlats till en mardröm - på mindre än några timmar.

"Vad tänker du göra?"

"Som du förstår" log Gunnar. "Jag är polis. Och som polis så vet jag hur viktigt det är med bindande bevisning - så som DNA, teknisk bevisning och vittnen."

Nora förstod. Det faktum att han erkänt för Nora visade på att planen var att döda henne och Milo.

"Nora - jag kan inte lämna några spår eller vittnen."

~ TJUGOÅTTA ~

NORA BÄCK svarade inte i sin mobiltelefon. Och inte heller gjorde Milo det. Kommissarie Veronica Berg var säker - något hade hänt ute i stugan.

Polispatrullen var i full beredskap och framförde sina fordon i hög hastighet längst den grusiga skogsvägen. Destinationen var den lilla hyrstugan vid sjön - potentiell gärningsman var den omtyckte och mångårige kollegan Gunnar Josefsson.

Veronica satt i baksätet i en av de tre bilarna. Hon hade listat ut hur det hela låg till. Skenet som Nora sett i skogen, Gunnar som kommit gående på stigen och påstått att han legat på pass. Till och med skostorleken stämde in på inspektören.

Men befann han sig nu vid stugan? Hade något redan inträffat? Var Nora Bäck och Milo i livet? Och varför hade Gunnar mördat ensamvargen Dan Molin?

Frågorna var fortsatt många då de närmade sig stugan.

"Be samtliga att stanna på vägen" beordrade hon från baksätet. "Ingen får beträda tomten."

Hon ville inte hamna i en situation där Gunnar skrämdes till eller kände sig tvingad att begå ännu en våldshandling. En polisiär stormning kunde leda till att en eventuell gisslansituation eskalerade - något som hon till varje pris ville förhindra.

Polisbilarna saktade ned och stannade på rad längst den grusiga vägen. De behövde organisera sig. Veronica klev ur baksätet och mötte upp Kommenderingschefen för att diskutera operationen.

"Piketen är här om tio" sa Kommenderingschefen.

Veronica nickade och samlade poliserna runt sig vid en av bilarna. De såg alla med sammanbitna uttryck på henne - de förstod allvaret i situationen men informationen om att det kunde vara en kollega togs emot med blandade känslor. Hon förstod dem - hon ville själv inte tro det men alla bevis pekade i den riktningen.

En polisman som smugit sig igenom skogen och på avstånd kunde se stugan bekräftade att flera personer befann sig i stugan.

"En grå pickup står parkerad några meter ifrån stugan. Det finns även en motorcykel" hördes det över radion. "Inga tecken på aktivitet utomhus."

Farhågorna besannades. Gunnar ägde en grå pickup av märket Land Rover - sannolikheten att det var någon annan där med paret i stugan var minimal.

Piketen anlände till platsen och insatsledaren förde diskussioner med Kommenderingschefen innan bussen lämnade platsen och rörde sig längre upp längst vägen.

Minuterna senare hördes rösten återigen över radion. "Stugan är omringad." Sedan några sekunder tystnad. "Vi har visuell kontakt."

Veronica följde spänt rapporteringen. Samtliga inväntade order.

"Josefsson befinner sig i stugan" fortsatte radiorösten. "Potentiellt vapen visualiserat - avvaktar order."

Order, tänkte Veronica. Hur ska jag kunna ge dem den här ordern. Hon kände en tår rulla nedför kinden. Hennes vän fanns där inne - eller i alla fall den som fram till för någon timme sedan varit hennes laglydige kollega och vän.

NORA BÄCK svalde hårt medan Inspektör Gunnar Josefsson sänkte vapnet och såg på henne. Hade han tvivel? Skulle han kanske skona henne? Henne och Milo - låta dem leva?

"Om det var en olyckshändelse som du säger så kommer säkert Veronica att lyssna på dig" vädjade hon. "Om du dödar oss så minskar alla dina chanser."

Gunnar satt tyst. Skrämmande tyst.

Nora hade hellre sett honom skrika, hota och sikta med vapnet. Vadsomhelst var bättre än den psykologiskt påfrestande tystnaden. Skulle han skjuta dem? Skulle han inte skjuta dem? Hon kunde inte läsa av honom - inte förutse vad han tänkte.

"Varför säger du inget?" frågade hon gråtandes. "Varför har du inte redan skjutit om det nu är det som du insinuerar?"

De skräckinjagande ögonen var svarta - men ändock tomma. Som om han förstod att det var över hur han än valde att göra men ändå kunde han inte förmå sig att avgöra ödet. Skulle han gripas för ett mord som inte var planerat? Eller för tre mord varav två var rena avrättningar? Ödet vilade i hans händer.

Det blixtrade till i fönstret samtidigt som solen gjorde ett tappert försök att bryta igenom det grå himlavalvet. Reflektionen varade bara någon sekund i hans ögonvrå - men det var tillräckligt för att få honom förvånad. De är här nu, tänkte han och plockade upp sin mobiltelefon. Hur kan de vara här?

MOBILTELEFONEN VIBRERADE i Kommissarie Veronica Bergs byxficka. Hennes hjärta hoppade över några slag då skärmen visade Inspektör Gunnar Josefssons nummer. Några korta andetag senare satte hon mobiltelefonen mot örat.

Var det kanske inte Gunnar som befann sig där inne? Hade någon våldsfört sig på honom? Lämnat honom åt slumpen och sedan stulit hans pickup?

"Gunnar?"

En kort tystnad.

"Är det du, Gunnar?"

"Det är jag Veronica" hörde hon Gunnars röst säga.

"Var är du?" frågade hon efter ännu en stunds tystnad. Hon kunde höra på hans röst att det var över.

Gunnar var inte i någon knipa som han inte hade försatt sig själv i.

"Det borde väl du redan ha listat ut" svarade han. "Är det inte du som beordrat ut styrkan?"

"Gunnar - kom ut från stugan så löser vi detta."

"Hur?" Ett kort skrockande. "Hur ska vi lösa detta, Veronica?"

Hon hade inget svar på den frågan - hon ville bara att det hela skulle vara över.

"Ingen kan lösa detta" fortsatte han. "Det finns ingen utväg nu."

"Det gör det visst, Gunnar." Hon såg på Kommenderingschefen och nickade då denne gestikulerade frågande om det var Josefsson i andra änden.

"Jag tror inte det."

"Gunnar, var resonlig nu" sa hon. "Släpp ut Nora och Milo - så reder vi ut vad som hänt nere på stationen."

"Du vet redan att jag mördade Dan" sa Gunnar, med en mer barsk och irriterad stämma. "Jag kommer att hamna bakom lås och bom." Han suckade. "Kan du förstå att behöva sitta i fängelse tillsammans med dem som man själv skickat dit?"

Veronica svarade inte.

"En snut som byter sida - jag överlever inte en dag i fängelset."

"Vi kan ordna en överrenskommelse - det finns slutna anstalter och isoleringar..."

"Veronica" röt han. "Fattar du inte att mitt liv är över? Jag har mördat - och även om jag inte hade uppsåt till det. Jag vet hur det är i fängelset, jag är för i helvete polis." Hon hörde honom dra några djupa andetag. "Fängelset är inget för mig."

"Gunnar - nu lyssnar du på mig, låt Nora och Milo gå."

"Om du drar tillbaka insatsen och tömmer området på folk."

"Du vet att jag inte kan göra det" sa hon och upprepade sig. "Låt Nora och Milo gå."

"Tack för den här tiden" svarade han spydigt.

När linjen bröts kände hon hur den dolk som stuckits i hennes rygg vreds om för att förvärra det blodiga såret.

Tack för den här tiden?

~ TJUGONIO ~

MILO KVICKNADE till i soffan. Ögonen öppnades i det blodiga ansiktet. Synen var dock inte vacker - även om den annars så söta Nora Bäck satt intill honom med stirrande blick på den upprörda mördaren Inspektör Gunnar Josefsson.

Som att vakna upp till en mardröm, tänkte han och såg på Nora. "Är du okej?"

"Å Milo" sa Gunnar. "Välkommen tillbaka."

Milo lutade sig framåt i soffan, såg med skärrad blick på Gunnar medan huvudvärken nästan försatte honom i medvetslöshet på nytt.

"Släpp oss" vädjade Nora gråtande. "Snälla, låt oss gå."

Gunnar brydde sig föga om hennes vädjande - lyssnade inte ens till orden och gråten. Han var djupt försjunken i sina egna tankar.

"Jag kan inte hamna i fängelse... jag kan inte hamna i fängelse..." upprepade han gång på gång.

Muttrandes vankade han fram och tillbaka med tjänstevapnet i handen medan de två skärrade och blodiga gisslan satt som förstenade i soffan.

Nora undrade hur polisen arbetade utanför. Varför tog det sådan tid för dem? Det fick inte sluta såhär.

"Låt oss gå" sa Milo och höll handen över det blodiga såret vid tinningen. "Du vinner ingenting på att döda oss."

Nora visste att Milo - med sina muskler och längd - skulle kunna krossa Gunnar om han bara fick möjligheten. Men att utföra en undanmanöver för att distrahera honom tillräckligt mycket för att ge Milo en chans att agera upplevde hon som ett högt spel. Risken att hon skulle bli skjuten var överhängande. Likaså risken att Milo blev det.

"Gunnar" röt Milo till. "Lyssna - du måste låta oss gå."

Gunnar såg mot dörren där man kunde urskilja Basses gnyende och tassar som krafsade. Hans ögon blev plötsligt blanka och än mer tomma än tidigare.

Milo kunde se hur han började ge vik.

"Gunnar!"

Milos arga röst var så hög att Basse genast avgav ett skall från utsidan. Gunnar ryckte till, såg på dem och sedan ned på vapnet.

"Vi går allihop" mumlade Gunnar. "Tillsammans."

Just som han skulle till att höja vapnet gled bakdörren till köket upp bakom honom. En svart gestalt kastade sig in i rummet, skällande och med gläfsande vita tänder.

Nora såg beundrat och häpet på medan Basse tog ett rejält hopp och satte tassarna mot den förvånade Inspektörens bröst.

Gunnar hann i sin förvåning inte få upp vapnet - skott avlossades och träffade Basse i benet just som denne med all sin kraft pressade honom ifrån sig. Balansen svek och Gunnar föll viktlöst in i köksöns vassa bordskant och vidare ned på golvet.

Milo flög upp ur soffan, kom upp på skakiga ben och ryckte med sig den chockade Nora.

"Basse!" skrek hon.

"Kom" sa Milo. "Vi måste ut!"

Nora rundade bordet medan Milo tog sig över det och var först framme vid den gnyende Basse. De glada hundögonen mötte hans blick - han var vid liv men skadad.

Milo lyfte upp honom, tog honom i sina starka armar och skyndade sig tillsammans med Nora fram till dörren. Hon slet upp den och de kunde äntligen springa ut i den dimmiga sensommarvärmen - ut i friheten.

Allt tack vare en hjälte - en modig hjälte på fyra ben och med ett hjärta av guld.

"VI HAR rörelse" hörde Kommissarie Veronica Berg över radion. "Två personer och en hund."

"Han har släppt dem" ropade hon och började jogga uppför vägen.

Att springa den sista veckan innan man ska föda är en mindre bra idé - men hon ignorerade värken, ignorerade varningssignalerna och joggade så fort hon förmådde mot stugan. Då såg hon dem.

Tillsammans med två poliskonstaplar togs de om hand - den förtjusande Nora Bäck, hennes pojkvän och deras fyrbenta vän.

"Är ni okej?" frågade hon när hon kom fram till dem.

Nora lyckades nicka - fortsatt chockerad efter händelsen. Veronica såg på den blodiga Milo - som togs om hand av sjukvårdspersonal. Medan de lindades in i värmande filtar och plåstrades om såg hon bort mot stugan.

"Är han beväpnad?" Hon hade hört skottet. "Är han vid liv?"

Nora nickade på nytt. "Men han kan vara medvetslös" lyckades hon få ur sig innan hon på nytt borrade in ansiktet i Basses päls och föll i gråt.

Veronica stegade bestämt bort mot stugan. Hon vinkade åt samtliga i insatsstyrkan att hon tänkte ta sig fram till verandan. Hon hade sitt tjänstevapen osäkrat i handen. Nu gäller det, tänkte hon och tog det första steget upp på trappan medan insatsstyrkans personal flyttade fram sina positioner.

Dörren stod på vid gavel. Stugan var spöklikt tyst. Hon steg upp och ställde sig intill den uppslagna dörren. Vad skulle dyka upp på den andra sidan? Stod Gunnar Josefsson där med draget vapen?

Hon sköt upp dörren med benet och kikade försiktigt in i röran innanför. Några steg in i hallen, vapnet siktade hon framför sig medan hon sökte av. Sedan såg hon honom - mördaren Gunnar. Sittandes på golvet, lutandes mot köksön.

"Gunnar?"

Hon såg att han var skakad då han vred på huvudet. Blod rann nedför hans hals och den vita köksön bakom hans huvud var nedblodad.

"Gunnar" upprepade hon. "Ger du dig?"

Hon såg vapnet som vilade i hans hand. Han hostade och såg med stirrig blick på henne.

"Stanna där, Veronica" beordrade han.

Hon gjorde som hon blev tillsagd. Stående i hallen med draget vapen - med sin närmaste kollega sittandes med ett vapen några meter ifrån henne. Igår sammansvetsade brottsbekämpare - idag chockerade fiender.

"Gunnar" upprepade hon. "Lägg ifrån dig vapnet - det är över nu."

Återigen hostade han. Sedan såg han på henne då hon återigen tog ett steg mot honom.

"Du har rätt, Veronica" sa han och spärrade upp de svarta ögonen. "Det är över nu."

"Nej!" skrek hon medan han höjde vapnet, satte det under sin egen haka och avlossade det öronbedövande skottet som avslutade hans liv.

Hon blundade och sänkte sitt vapen samtidigt som insatsstyrkan stormade in. En av dem omfamnade henne och ledde henne ut - bort från den hemska scenen. Hon öppnade sina ögon och kände hur illamåendet bubblade inom henne.

"Hur mår du?" frågade en ur ambulanspersonalen.

Veronica stammade och kunde inte omvandla rösten till ord - det hela var som en enda stor mardröm.

Hon kände krampen i magen. Ambulanspersonal slöt upp runt henne medan hon krampaktigt höll sig för magen. Inte nu? tänkte hon. Det kan inte vara i en sämre tid.

"Det... är... jag... måste" stammade hon.

Vårdsköterskan såg på henne.

"Det... är... dags."

"Vi behöver en bår" ropade sköterskan och tröstade den svage Kommissarien. "Det kommer gå bra - det kommer att gå så bra."

Ett liv tas, tänkte Veronica. Ett annat liv ges.

~ TRETTIO ~

NORA BÄCK öppnade sina ögon. Hur många timmar hade hon sovit? Hon önskade att det hela skulle vara en dröm - men sjukhusrummet avslöjade motsatsen. Hon hörde Milos snarkningar ljuda från britsen bredvid. De hade båda klarat sig mirakulöst ur den skräckinjagande situationen. Äntligen var det över.

"Milo?" viskade hon. "Milo?"

"Jag är här."

Hon gladdes åt att höra hans röst.

"Vad är klockan?" frågade han.

"Jag vet inte." Hon såg mot den fördragna gardinen. "Men det har ljusnat."

En stunds tystnad följde medan de reflekterade över vad de varit med om. Nora tackade Gudarna för att hon inte behövde närvara i rummet då Inspektör Gunnar Josefsson valde att sätta en kula genom huvudet. Hon kunde inte låta bli att undra om det var hans plan om inte Basse kommit till deras undsättning? Hade han skjutit henne och Milo med - och sedan avslutat sitt eget liv?

Hon drog av sig det tunna täcket och satte fötterna mot golvet. Iklädd den symboliska vita sjukhusklänningen med knäppning baktill gick hon in på rummets lilla toalett. Hon uträttade sitt behov, sköljde händer och ansikte under kallt vatten och studerade sedan sitt ansikte i spegeln.

Var det över nu? Året av död?

Hon återvände till britsarna i rummet, tog Milos hand i sin och smekte försiktigt hans kind med den andra.

"Hur mår du?"

Han log. "Bättre nu."

"Vi överlevde."

Han nickade och makade sig åt sidan så att hon kunde lägga sig intill honom. Han kysste hennes panna då hon lade huvudet intill hans. Tillsammans somnade de om medan solen steg utanför.

En kvinnlig sjuksköterska väckte dem i tid för frukosten någon timme senare. Med trötta steg klev Nora ned från Milos brits.

"Har vi några andra kläder?" frågade hon, och kom på att alla ägodelar fanns kvar i stugan.

"Polisen har lämnat en varsin väska under natten" svarade sköterskan och pekade mot de två väskorna vid besöksstolen. "Det är allt jag vet."

Nora slog sig ned i besöksstolen och öppnade sin väska med packade kläder. Hon ville innerligt komma ur sjukhusklänningen och i sina egna kläder.

"Hur känns huvudet idag?" frågade sköterskan och såg över Milos omplåstring. "Värker det ännu?"

"Nej" sa Milo och undvek att visa hur omtumlad han egentligen var men kunde inte motstå erbjudandet om värktabletter.

Nora klädde sig i jeans, BH och linne och uppmanade sedan Milo att byta om - hon ville hem och hoppades att läkaren skulle ge dem den glada nyheten under morgonronden.

Magen kurrade. Det var dags för frukost.

I ETT stilla rum på BB-avdelningen fick den nyförlösta Kommissarien Veronica Berg besök av Nora Bäck och Milo. På hennes bröst vilade en söt liten flicka.

"Hej" sa Nora då hon stack in huvudet genom dörrspringan. "Kan vi komma in?"

"Självklart" svarade Veronica med låg röst och brett leende.

Nora slog sig ned i besökstolen och såg på det lilla miraklet. "Å så söt."

"Möt Nora" sa Veronica. "Namngiven efter den modigaste och envisaste kvinna jag någonsin mött."

Nora log och såg på Milos som stod vid hennes sida. Å Milo, en sån vill jag också ha, tänkte hon och kramade den lille flickans små fingrar. "Tack - det är en ära att få dela hennes namn."

"Hur mår du?" frågade Milo.

"Hektiskt dygn" svarade Veronica och lutade huvudet mot kudden. "Det kommer ta sin tid att reda ut allt."

Milo nickade förstående medan Nora gullade med det lilla knytet. Bäbisen öppnade sina ögon och såg på henne varpå Nora log brett.

"Vad händer nu?" fortsatte Milo konversationen.

"Någon får ta över utredningen" svarade Veronica. "Själv går jag på mammaledighet." Hon skakade på huvudet. "Tanken var att Gunnar skulle täcka upp för mig - men det ändrades drastiskt."

"Behöver ni oss mer?" frågade Nora, utan att släppa bäbisen med blicken.

"Ni kommer behöva lämna en redogörelse nere på stationen. Som jag har förstått det så berättade Gunnar en del detaljer för er?"

Nora nickade.

"Så ni lämnar er redogörelse för Åklagare Lindén och Chefsåklagare Laursen och hämtar era tillhörigheter nere på stationen - efter det får ni åka hem." Hon såg på flickebarnet och log stolt. "Efter det kommer ni troligen aldrig behöva tänka på detta mer."

"Problemet är nog att det kommer hemsöka oss ett tag framöver" sa Nora och suckade. "Kommer du att klara dig?"

Veronica nickade. "Jag behöver nog några besök hos en psykolog men samtidigt..." Hon log. "Jag har lite annat att tänka på från och med nu."

Ett liv tas - Ett annat liv ges.

Tack till

Rebecca, Martina, Thomas, Lena

*Och alla ni andra fantastiska människor
som aldrig slutar att tro på mig.*